"…en medio de las lágrimas descubrí que había, dentro de mí, una sonrisa invencible."

Albert Camus

-Prólogo-

La autora presenta una escritura de charla psicológica a través de reflexiones que zambulle al lector en una insondable situación de vida; es un libro de transformación personal que narra el arquetipo de la sociedad actual, donde guardar las apariencias es más importante que su propia felicidad, también ayuda en el descubrimiento propio y el autoconocimiento, empleando la consigna de que seguir la intuición es el truco de la ventura del ser humano.

Cada persona es el actor principal de su vida, su existencia se encuentra totalmente condicionada sólo por su percepción, de la cual se desprenden los pensamientos, comportamientos y acciones que lo describen como persona de la cual se derivan muchos problemas y el buscar la solución es la cuestión.

Esta obra despliega los conceptos elementales para solucionar estos problemas, tales como: el valor personal, el amor propio, y cómo influyen en la autoestima.

La autora ofrece a las mujeres una profunda mirada de género para poder reconocer la desigualdad que las agobia, más en una sociedad que, a pesar de estar en un contexto globalizado y más abierto culturalmente, aún limita la actuación de la mujer; factor que debe ser superado con la liberación, reflexión y empoderamiento de la población femenina.

Esta lectura promueve el autodescubrimiento y posterior florecimiento del ser, sobre todo en momentos donde el sufrimiento puede llegar a agobiar la conciencia de las personas. La autora muestra crudamente algunos pasajes, ayudando así a las lectoras a sumarse a la verdadera liberación de Sofía; buscando romper con las barreras impuestas por las propias personas relacionadas con prejuicios y restricciones morales que, hasta el momento, han impedido el abierto goce del placer y el amor en el matrimonio.

La reinvención y la resiliencia son claves para lograr la vida deseada, es la propuesta mostrada por esta mentora.

Los comentarios y confidencias son una pequeña muestra de todas las experiencias que se viven día a día en esta sociedad de apariencias y selfies que nos muestran solo el caparazón, pero nunca nos muestran el fondo.

El crecimiento personal de Sofia fue un proceso de metamorfosis, adoptando nuevas ideas y formas de pensamiento, cambiando comportamientos y actitudes que dieron como resultado una hermosa mariposa que pudo desplegar sus alas, bienvenida Sofia.

Luis Ernesto Salas Montealegre

Toda mariposa, tarde o temprano volará
Toda mariposa, tarde o temprano brillará
La metamorfosis llegará
Y serás libre.

Tus ilusiones se harán realidad
Tus sueños vas a realizar
Dejarás el pasado
Porque el tiempo de transformación ha llegado.

Luis E

CUANDO POR FIN ME ACORDÉ DE GRITAR

- CAPÍTULO I

"Y LA ILUSIÓN SE VISTIÓ DE BLANCO"

Creo que debe llevar encaje y mucho brillo, si definitivamente mucho brillo. Seré   una princesa, una hermosa princesa, se repetía una y otra vez Sofía. Ese día será tan maravilloso y tan perfecto para mí que hasta la luna siempre enamorada sentirá envidia. Mi piel brillará, se erizará de tanta felicidad. Sólo mi corazón de novia ilusionada sentirá tantas mariposas en el estómago hasta la náusea o hasta la risa.

Sólo la alegría, la pasión y la emoción de una chica completamente pletórica de tanto amor será capaz de irradiar y transmitir con solo sus ojos, tanta esperanza y tanta certeza de que su vida será una eterna luna de miel, una eterna princesa.

Ese día el aura será de un resplandeciente que enceguecerá o que enloquecerá.

Eran los pensamientos que rondaban la cabeza de Sofía. No podía pensar en nada más. ¿Acaso podía pensar en algo más que no fuera su matrimonio? Su tan esperado momento, su tan soñado momento se acercaba. Ya la mano fue pedida, ya la mano fue dada. Fue dada como garantía, perdón, ¿Garantía de que?

Pobre Sofía. Que estúpida fue, que ilusa, no puede ser posible que sea dueña de una ingenuidad tan infinita.

¿Y es que acaso Sofía sabe, entiende y reconoce el sabor de un verdadero amor? Por supuesto que no. Era una simple chica que sueña con un vestido blanco y una corona de azahar. ¿Qué sabe Sofía de desilusión e incertidumbre? ¿Qué puede saber Sofía de desamores y de pasiones?

Era solo una sencilla chica que ha vivido haciendo lo correcto.

¿Correcto para quién? ¿Para sus padres, profesores, amigos, hermanos, familiares, la Iglesia? ¿Y qué es lo correcto? Seguir esquemas y paradigmas previamente establecidos por una sociedad que mete en la cabeza de sus mujeres que el MATRIMONIO es lo máximo, que es una realización.

Suena gracioso, realización para aprender los tiempos exactos de la lavadora, el ciclo en el que el lavado es óptimo y las camisas obtienen el blanco ideal, realización para descubrir cómo se hacen unas lentejas bien hechas sin que él, recuerde siempre como su madre las hacía con un sabor insuperable, realización porque se aprende a tender una cama impecablemente sin importar si tu espalda se tuerce porque el colchón pesa una tonelada, lo importante es que no quede ni una arruga en la sábana, que importa si al final del día, el señor de la casa ni cuenta se da que su esposa ha puesto tendidos limpios y sin una arruga, que más da, lo importante es que la cuñada que fue de visita en el día, no critique, no comente a los cuatro vientos que encontró la casa de su hermano hecha un desastre porque Sofía aún no aprende hacer una cama.

Realización para charlar con la empleada del servicio doméstico sobre los chismes de las vecinas y aprender truquitos con ella sobre cómo y ¿dónde obtener el mejor desinfectante para pisos?

Realización a través de unos hijos que se aman profundamente y que se vuelven el centro del universo, hasta permitir que su madre olvide sus propios sueños, sus propias necesidades. El tema de conversación, son los hijos, las películas son para niños, las tienda de ropa frecuentadas son de niños, cuando alguien saluda solo pregunta por los niños. Es una realización falsa, porque el ser humano que los cuida desaparece, se vuelve invisible, se vuelve transparente, ya no existe, ya no siente.

Se entra en una rutina que automatiza, que lleva al tedio total y lo peor es que se asume y se acepta como si solo esta realidad existiera. Imposible salir de ella.

La rutina te atrapa de una manera implacable, como lo hace el tiempo. Y cuando menos lo adviertes, se te fue la vida, se te fue tu vida.

A veces resulta tarde para preguntarse y dónde está mi vida, y volteas a mirar para atrás, y te das cuenta que ya no hay nada.

¿Ya para qué miras? Ya nadie te mira.

Claro, y por supuesto no hay que olvidar que el matrimonio, es una forma de afianzar vínculos, de unir familias; si apenas si están medio unidos los novios, ¿Cómo se pretende unir familias?

Familias que no tienen nada en común, familias que nunca se frecuentan, que nunca se interesan de manera real y verdadera la una por la otra. Familias que no tienen ningún punto de encuentro, nada en común.

Sofía debes casarte para hacer feliz a un hombre, pero claro que si. ¿Y qué pasa con la felicidad de Sofía? Pues nada, esperemos a ver si estas de buenas y logras ser feliz. Lo importante es que al final del día haya aunque sea uno que esté feliz, sin importar si ella lo es o no, y asegurar un futuro, sin importar si en el presente se vive la tan bien ponderada felicidad.

Son tantas las preguntas, son tantas las inquietudes, las incógnitas que enloquecen y hacen un nudo retorcido en el cerebro tranquilo y supuestamente equilibrado de Sofía. Ese cerebro que reclama a gritos neuronales algo de locura, algo de hacer mal las cosas y equivocarse más. ¿Y es que acaso hay un bien y un mal claramente establecido? ¿Cómo saber con precisión cuando se actúa bien y cuando se actúa mal?

Y llegó el gran día, !Qué emoción!. Por fin Dios, llegó el gran día.

Si, ese día parecía que no llegaba, la dulce espera era interminable.

Si fue tan perfecto, tan precioso, si había tanta magia, ¿Qué pasó entonces?

Definitivamente su vestido sí brilló, su piel si se erizó, su corazón si saltó de emoción y si se veía y se sentía como una princesa, como una hermosa princesa.

Las más hermosas rosas color champagne daban a la iglesia un ambiente de alegría, de fiesta y al mismo tiempo una elegancia incomparable. El violín dejaba escapar la más hermosa melodía, sonaba la marcha nupcial de Mendelssohn. La novia entraba triunfal del brazo de su padre, el corazón se le salía del pecho. Todos los invitados la miraban ¡Qué momento Dios! ¿Cómo describir de manera clara que te sientes flotar, que te sientes perfecta, que eres el centro? ¿Cómo describir que toda tu familia y tus amigos serán testigos de un momento mágico? ¿Cómo describir ese encuentro en la mitad de la iglesia de un padre con el hombre que se casará? ¿Cómo no recordar las palabras de ese padre dirigidas a ese hombre "¿Le entrego a mi niña, por favor cuídela"? Simplemente fueron palabras que ese hombre un día olvidó.

¿Cómo describir la llegada al altar de la mano de ese novio, que se veía y se sentía perfecto? ¿Cómo describir el encuentro en el altar con la mirada de ese Jesucristo amigo? ¿Qué decir de esos dulces ojos de la Virgen que miraban sin cesar el rostro de Sofía?

Entonces, en ¿Qué momento la luna ya no sintió envidia? ¿En qué momento esos ojos dejaron de brillar? ¿En qué maldito instante las mariposas de su estómago se convirtieron en murciélagos? ¿En qué momento la luz de Sofía se apagó? ¿Qué pasó? ¿Qué hizo tan mal? ¿Qué no hizo? ¿O fue demasiado lo que hizo? ¿En qué momento su supuesto príncipe se perdió y se convirtió en sapo?

¿Qué pasó? Se pregunta Sofía una y otra vez.

Ella recuerda perfectamente las manos de su padre y de su madre dándole la bendición, recuerda perfectamente que estaba arrodillada con su hermoso vestido blanco, con sus ojos cerrados, recibiendo esta aprobación bendita.

Dios, todos los planes fueron hechos bajo tu mirada. Dios, todo se hizo como manda la ley. ¿Entonces qué pasó? Dios amado, Dios de misericordia, entonces ¿Qué pasó? En el más grande de los desconsuelos y tristezas Sofía reclama: Dios, yo sé que en tus planes tienes pruebas para todos; ¿Pero no crees que se te fue la mano conmigo? ¿Para aprender la lección era necesario tanto dolor? ¿Era necesario sentir deshidratación a causa de tanto llanto? ¿Era necesario sentirme fea y más que eso, horrible, vieja, bruta y pobre?

¿Era necesario sentir que la luz que tú, mi Dios me diste al nacer se apagaba poco a poco hasta casi extinguirse? ¿Era necesario acaso sentir que esos sueños que un día tuve y que me hacían sentir la dueña del mundo se fueran olvidando y quedando en un rincón oscuro donde ya no tenían importancia?

Como pegado al ADN de Sofía quedaron las palabras de su madre y de sus abuelas " El matrimonio debe ser para toda la vida." "Por los hijos, las madres aguantamos todo" "El amor lo puede todo" "El marido que no tiene una cosa tiene otra, pero tranquila, todas llevamos una cruz"

Frases de cajón. Frases que hacen a las mujeres infinitamente desgraciadas y para siempre olvidadas.

¿Por qué tenemos que callar? ¿Por qué tenemos que soportar y hacer como si nada estuviera pasando? ¿Es acaso necesario dejar a la esperanza ese trabajo de cambiarlo todo, aunque en el fondo tu sabes que nada pasará, que nada cambiará y que esas falsas promesas de cambio, nunca llegarán? ¿Por qué diablos Sofía no recurrió a la desesperanza? Hubiera sido perfecto. Pero claro que no, eso era imposible, eso no estaría bien visto, hay que luchar por mantener esa alianza marital hasta desfallecer.

El matrimonio se DEBE proteger hasta con la vida misma. Sin importar por un instante si en ese último hálito de vida entregado se está sangrando. Eso no importa.

"El matrimonio "DEBE" ser para toda la vida", ese DEBE pesa hasta asfixiar, tiene carácter de obligatoriedad y por lo tanto exige y muestra una cara pesada y cansada como todo lo que en la vida te obliga al DEBE. Ahora esas promesas para "TODA LA VIDA" causan una desconfianza infinita.

La Cruz debe ser llevada con dignidad, con altura, como lo hace una buena mujer. Eso funciona así, es más, la que diga que no tiene cruz pues no sabe a ciencia cierta lo que es de verdad un matrimonio.

Por favor….

Al buscar en el diccionario, Sofía encontró la definición de la palabra Cruz: "Figura formada por dos líneas rectas que se cortan perpendicularmente, como el signo de la multiplicación o el de la suma"

Que buena definición, líneas con carácter de infinito que suman y multiplican a diario rutina y resignación. O sea que la famosa cruz es eterna. Qué delicia.

En el hermoso altar, sagrado y bendito, Sofía, pronunció ese " PARA TODA LA VIDA". ¿Cuál vida? ¿La que ella insistentemente trató de mantener como la perfecta relación de pareja? Diciendo mentiras y tratando de hacer ver que su inversión de amor había valido la pena, que se mantenía bajo un manto de transparencia y belleza, donde nadie sospechaba que hubiera siquiera un poco de oscuridad.

Nunca se quejó con nadie, sólo su almohada y los rincones eran testigos absolutos y callados de aquella verdad donde había tristeza, aburrimiento y un tedio continuo. Casi todo sin olor y sin sabor.

El sacerdote hizo lo que tenía que hacer, dar su bendición. ¿Pero qué bendijo? ¿Un par de argollas? ¿Por qué esa bendición no se quedó en el corazón de Sofía y en el de su elegante esposo? ¿Por qué esa bendición no incluyó la pasión, la seducción o la locura de una noche arrebatadoramente loca? Por qué esa bendición fue limitante y no expansiva? ¿Tiene la bendición la culpa? O es que Sofía, quiere encontrar culpables hasta en los invitados a la fiesta de la boda y así entender de una vez por todas ¿Qué pasó?

¿Por qué nunca, hubo estallidos y por qué hubo tan pocos gemidos? Sofía se pregunta, una y otra vez, Dios y ¿A qué o a quién le echo la culpa? Porque debe haber un culpable que se ríe a mis espaldas y que cómplice con el dolor hacen una dupla perfecta para el fracaso.

"Por los hijos, las madres aguantamos todo", error garrafal. Ellos son los primeros por los que no debemos, ni podemos aguantar el más mínimo de los maltratos. Los hijos, siempre perspicaces, tienen el sentido de la sospecha, el sentido de aquí algo anda mal y se hacen los de la vista gorda, hacen como si nada estuviera ocurriendo; porque sus pequeños corazones no pueden aceptar desde ningún punto de vista que sus papás, engrosen el largo listado de los padres divorciados. Mis papás nunca se separarán, nunca pasará, ellos se aman y me aman. Los que se separan son los vecinos, mis papás, jamás lo harán.

Sin querer, pero de manera obligada, los pequeños siempre frágiles y vulnerables quedan en medio de la tormenta a merced del viento, a merced del dolor y las lágrimas.

¿Quién los acoge? Ellos también tienen sus preguntas, sus inquietudes. ¿Quién las responde? En la tormenta que trae rayos y centellas, cada hijo toma su posición. Ellos también lloran, a veces en silencio por los rincones. A veces sacan fuerza y dan a mamá un consuelo con un abrazo, con un "Todo estará bien mami, no te preocupes", aunque la madre sabe que ya nada se podrá remediar y que el curso de la separación es una realidad de a puño.

¿Y ahora con quién me voy? Adoro la comida y los mimos de mamá. Pero papá siempre me lleva a los lugares que me encantan y me compra cositas varias. ¿Y entonces qué hago? ¿Y mis hermanos qué harán? ¿Terminaré en casa de mis abuelos?

¿Será que no era amor? ¿Era sólo un apego? ¿Fue sólo la preocupación de no quedarse atrás de sus amigas? ¿Es que ya pitaba el tren con mucha fuerza? ¿Por qué no irse a vivir con ese hombre primero sin casarse? Por Dios, inconcebible. ¿Por qué? Porque la sociedad ha establecido el bien y el mal. Y está muy mal visto que una señorita salga de su casa sin un papel firmado. Por favor, donde se ha visto tal desfachatez. Y lo peor es que la cabeza, conciencia, corazón y alma de Sofía, por ningún motivo permitiría quedarse sin esposo. Eso no estaba escrito.

¿Pero por qué ahora Sofía, sospecha que la decisión de casarse fue debida a un gran apego y no a un gran amor? ¿Cómo saber con certeza qué la llevó a dar ese "Sí, acepto" ante el altar? Ella sentía que sólo ese tipo de vinculación que ofrece el matrimonio, le daría la seguridad total, la seguridad de que todo funcionará perfecto, algo que no existe ni existirá jamás y encima de eso pensaba que esa vinculación le daría sentido a su vida.

Una vida que se supone perfecta por tener de por medio una firma con tinta negra, no asegura, ni asegurará jamás la felicidad; la felicidad no proviene de nada ni de nadie, proviene de ti. Eso no lo tenía claro Sofía. Lo que sí tenía claro Sofía, era que debía formar una familia tradicional, a como diera lugar.

¿Es acaso esa situación tan deplorable? ¿No es acaso lo que hay que hacer? ¿No es acaso lo que está bien hecho? ¿Entonces por qué el matrimonio no funciona? Al menos para Sofía, no funcionó.

Se le atribuyen tantas propiedades a la relación marital, pensaba Sofía, como la felicidad y la protección y sobre esta máxima se cae y se vuelve a caer en la estupidez de pensar que se pueden traspasar las barreras y los límites del amor, aceptando de manera sumisa el maltrato, la descalificación, el engaño, la ofensa. Soportando una vida triste, aburrida e insulsa, simplemente porque el amor lo supera todo y encima de eso se supera con callar o simplemente con nunca discutir.

El amor terrenal solicita y reclama a diario atención, es un toma y dame constante, si se da ternura se espera ternura, si se da sexo se espera sexo, no un beso en la frente insulso e insípido, sin color, sin sabor. Si se da dulzura no se espera indiferencia.

Quién ha dicho que el amor lo justifica todo hasta sentir que no importa cómo te amen, sin importar la calidad de ese amor, solo se aferra a un apego que lejos de convertirse en felicidad se llega al desamor total, se llega a la espera de una resurrección que no se da jamás, la espera de que ocurra un milagro, la espera por unos pases mágicos que reconstituyan un sentimiento y lo peor es que se mantiene este tipo de relación sin alejarse de ella por el miedo al dolor, a la depresión, al sentirse sola y vulnerable. Y así, en este ciclo sin fin, en este ciclo desteñido, en este ciclo grisáceo, se pasa una vida entera.

Pasó mucha agua debajo del puente, los calendarios se quemaban uno a uno. El tiempo pesaba y pasaba implacable. Todo languidecía. Llegó la RESIGNACIÓN. Es la peor palabra del vocabulario. Resulta la más triste de las palabras. La palabra que relega, la que hace bajar los brazos.

La palabra resignación te hace sentir que ya no hay nada que hacer, que ya no se puede más, que definitivamente la lucha, la batalla y la guerra se perdieron.

Y empieza la culpabilidad.

Además ¿Por qué debe haber batallas, luchas y guerras en un matrimonio? ¿Por qué esas palabras, para describir las vivencias de mi matrimonio? Se preguntaba Sofía. Si estaba escrito que todo sería armonía. Si por eso me casé, porque todo iba a ser candor y pasión.

Hijueputa vida, se me olvidó la cruz. Claro, tenía que haber una cruz. Una cruz que represente un cementerio gris y triste. Sofía recordó las líneas perpendiculares infinitas.

Pero si la resignación hubiera llegado con más fuerza, si la hubiera aceptado y asumido, otra historia contaría Sofía. Por supuesto, de esa manera hubiera simplemente huido. Pero no lo hizo. No le dio oportunidad a la resignación. Hubiera sido perfecto.

El novio, estaba cual gentleman, elegancia al máximo, seductor, impecable, guapísimo. Su smoking reflejaba la importancia de acuerdo a la ocasión. Él también estaba lleno de ilusiones. También soñaba con su protagonismo de novio cumplidor de su palabra.

Un día prometió casarse con Sofía y así lo hizo. Todo bajo el ojo escrutador de una sociedad que pone límites, que exige e impone el cumplimiento de estándares mínimos para ser reconocido como hombre de bien. El los cumplía todos.

Estaba sobrecalificado. Mejor hombre, no podía haber. Gran chico.

Sofía había escogido muy bien. Eso decían las amigas de la madre de Sofía y celebraban la decisión.

Entonces ¿Qué pasó? Si físicamente, todo lo tiene como debe, también sobre calificado, todo muy bien. Las células en su puesto, las hormonas fluyendo a un nivel normal. ¿Que lo hace ser tan ausente, tan indiferente, tan lejano? ¿Por qué el rechazo sin tregua?

La ceremonia no pudo ser más hermosa. La iglesia estaba perfecta, rosas por todos lados, se escuchaba el violín, los novios resplandecían, los invitados sonrientes y muy elegantes. La pajesita esparcía pétalos de rosas haciendo un camino para que la novia no perdiera el rumbo y llegara al altar donde la esperaba su hombre.

Por fin se encontraron los novios, el corazón de Sofía palpitaba como si llevara un caballo galopante en su pecho. Demasiada emoción.

Un ramo de flores fue ofrecido a la Virgen como símbolo de protección infinita. Sofía se preguntaba si la noche de su boda la Virgen ¿No escuchó, no asistió a la ceremonia? ¿Qué pasó Virgencita? Se preguntaba Sofía. ¿Es que no te gustaron las flores? ¿No eran de tu color favorito? ¿Las rosas no te gustaron? Yo te las ofrecí con el corazón…. entonces ¿Qué pasó? ¿En qué momento me olvidaste? ¿En qué momento me dejaste a la deriva? Si tú fuiste esposa y madre, ¿Por qué no me miraste con ojos de compasión?

Al entrar al lugar de la fiesta parecía como estar en un cuento de hadas. Había magia en el ambiente. Todo era perfecto. Todos sonreían, todos auguraban y deseaban felicidad a los novios. El aroma de las rosas era indescriptible. La luz era una cómplice perfecta de la decoración, dando un toque de romanticismo y de seducción al tiempo.

La música era la acompañante estrella de esa noche. Todos bailaban, reían, comían, bebían. Los novios felices.

Cuando uno ama bien, cuando ese amor le viene bien a la vida, se convierte en un bálsamo, se disfruta, pero cuando se ama mal, ese amor se convierte en tortura china con todos los adornos posibles. Pero sufrir por amor, muchas veces te convierte en la heroína del cuento de hadas. Entonces está bien visto.

Pero tan es culpable el causante del dolor, como el que lo soporta. ¿Por qué se soporta sin reclamo? ¿Por qué se soporta sin preguntas? ¿Por qué se espera un milagro de cambio cuando ni siquiera se planea un mínimo de cambio? ¿Por qué entrar en la sumisión?

Idealizar la pareja, es como vivir con un santo al que se le coloca altar, al que se le coloca pedestal. Sofía sentía que su esposo era tan perfecto, no pronunciaba malas palabras, nunca un empujón, nunca una sacudida. Jamás un maltrato físico. La madre de Sofía, aconsejaba a su hija, dar gracias de rodillas a Dios, por tan maravilloso esposo. Un esposo calmado, educado, brillante, siempre consentidor, siempre puesto en su sitio. Honesto y trabajador como pocos. No bebía más de la cuenta, siempre medido en sus deseos. Nunca se ausentaba de casa, nunca un fin de semana perdido en brazos de alguna amante, al menos eso siempre pensaba Sofía.

Pero Sofía hubiera preferido más locura dentro de la habitación marital, y menos perfección en el comportamiento ante la sociedad. Más arrebato. Más imperfección. Hubiera cambiado 20 años aburridos por una hora de desbordamiento hormonal. ¿Él también lo hubiera hecho? Es una gran pregunta. Sofía nunca supo qué pasaba por la cabeza de su esposo. Nunca manifestó inconformidad, no decía nada, no le molestaba nada, todo lo veía normal. Los ruegos de Sofía, no importaban. Todo se quedaba en un " Sí, debemos buscar ayuda profesional" y ya. Nada pasaba, excepto la vida, esa si pasaba dejando huellas bien marcadas. Huellas que quedarían como un sello real inscrito en el corazón de Sofía.

La indiferencia con el paso del tiempo se convierte en un patrón de comportamiento tan fuerte y tan destructivo como el maltrato mismo.

Ese no importa, luego todo se arregla, el buscar condiciones y características ajenas o del medio y no buscarlas dentro de sí, hace que haya un desequilibrio total entre lo rutinario y la locura sexual, resulta todo un desafío, llegando a la conformidad y es ahí cuando se toca el infierno. Porque la respuesta es simplemente, me quedo con la rutina, esa la conozco, esa la manejo, esa sé con certeza a dónde me conduce. En cambio el movimiento hormonal resulta desequilibrante y hasta poco armonioso. ¿Acaso era lo que pensaba el esposo elegido? Sofía nunca lo sabrá.

Sofía empezó por convertirse en una dependiente emocional de su marido y lo peor era que no le importaba.

CAPÍTULO II

"EL SILENCIO DE MI CAMA"

Todo salió perfecto, cada detalle, cada movimiento, cada momento, se hizo de acuerdo a las reglas establecidas. Fue una fiesta maravillosa. Todos estuvieron elegantes, todos participaron. Todos cumplieron.

La novia se sentía cansada, el novio igual, pero era la noche. La primera noche como esposos, la noche con la que se sueña desde niña. Por Dios qué susto, qué nervios. Mi esposo y yo. Por fin juntos para siempre.

Desabotonará mi vestido, le costará un poquito, pero lo hará. Me levantará con sus fuertes brazos antes de entrar a la alcoba, me mirará a los ojos y me tomará como su esposa. Todo quedará consumado.   ¿O consumido, mejor?

Sofía suspiraba, era el comienzo de una intensa vida.

Claro que había cansancio, claro que había estrés; ¿Pero no era acaso más intenso el deseo de poseer a una mujer y hacerla sentir tan suya?

¿No era acaso el momento preciso, adecuado y perfecto para devorarse a su mujer?

¿Entonces para que desabotonó el vestido? ¿Entonces para qué Sofía se puso la más hermosa de las lencerías? ¿Para qué? ¿Para qué? Para nada. No pasó nada.

Sólo el cansancio invadió la habitación y se escuchó un hasta mañana.

Sofía pensaba en ese momento que era una respuesta razonable y justa después de tanto ajetreo. Claro que es normal. Está cansado. Estoy cansada. Siempre una justificación.

Sofía, aún no tenía la menor idea, ni claridad alguna sobre su soledad impuesta, sobre su soledad obligada, ¿Por qué no corrió, porque ni siquiera se movió? Simplemente se quedó esperando lo imposible.

Eso no es nada, suele ocurrir. Tanto alboroto, tanto corre corre, antes del matrimonio hace que el deseo y las ganas de sexo se disipen. Claro que sí. Eso fue lo que pasó. Pero por supuesto. Al menos eso era lo que se repetía Sofía de manera constante.

Este fue un pensamiento que empezó a ser parte de la rutina neurológica de Sofía. Su cerebro comenzó a aceptar que es una conducta normal y que así debe ser.

Si hay alguna palabra en el vocabulario de Sofía, que la indisponía y la llevaba a la locura era "INCERTIDUMBRE". Hasta pronunciarla le costaba un poquito; es una palabra misteriosa y provocadora. Esa palabra resultaba abrumadora y escalofriante, casi imposible de soportar. Al haber un matrimonio, y eso lo creía de verdad Sofía, esa palabra por supuesto que desaparecerá como el humo, todo será certeza, todo será armonía, paz, calma, alegría. Por favor, que ingenuidad, que gran estupidez.

Esa palabra, luego del matrimonio, se convertiría en el pan diario. Solo incertidumbres constantes. ¿Será que no me quiere, será que no me ama? ¿Soy fea? ¿Qué pasa? ¿Debo ser más seductora? ¿Por qué no pasa nada? ¿Por qué no despierto nada? ¿Por qué debo preguntar si quiere o no?

Fueron pasando los años. Al principio causaba sensación de asombro, de susto, de culpabilidad. Por supuesto, debo ser yo, no soy lo suficientemente sexy. Claro que sí, debe ser eso.

El sexo se convirtió en la más grande de las incertidumbres.

Pasaron 20 años, envueltos en una gran pesada, tediosa y aburridora incertidumbre. En una sola incógnita. Una pregunta que no tenía y no tuvo contestación. ¿POR QUÉ PUTAS MI MARIDO NO ME TOCA? ¿POR QUÉ? ¿POR QUÉ?

Pero por supuesto, que boba soy, se decía Sofía. El sexo es para mis amigas, que me cuentan como lo más natural y hermoso del mundo las travesuras amorosas con sus esposos, con sus novios. Me cuentan cómo lo disfrutan y como ellos se inventan cada cosa.

Sofía, en el corrillo de amigas, era simplemente una espectadora, era la que callaba y solo escuchaba. La que luego lloraba por los rincones. La que luego se preguntaba mil cosas, hasta que ya no se preguntaba nada.

¿Además para qué? ¿Qué sentido tiene preguntarse pendejadas?

Sólo las protagonistas de las películas tienen derecho al amor. Yo no. Eso es algo que no se hizo para mí. No soy merecedora ni siquiera de una mirada con ganas, con lujuria, con pasión. Soy simplemente Sofía, la que se casó, la que logró casarse, gracias a Dios, la que no se quedó soltera. Soy Sofía, la ama de casa, la madre, la vecina, la cuñada, la amiga, etc, etc, pero nunca la amante. Nunca la deseada. Nunca.

Si, claro que también Sofía fue la esposa. Una esposa de papel, la que se presenta como esposa, la que se muestra como esposa, la que aparece en las fotos, la esposa que conoce cada familiar, cada amigo. La esposa madre, la esposa ama de casa, la esposa ante todos. Pero al final del día, es simplemente la esposa que se diluye en la brutal cotidianidad que hace desaparecer hasta el más mínimo de los deseos.

La brutal cotidianidad que hacía desaparecer a Sofía como mujer.

Aparece solo el cansancio.

Ahora que Sofía hace una mirada retrospectiva de su vida, y se detiene a mirar con atención su noviazgo, recuerda que empezó a sentir que ese novio era perfecto. Era totalmente moderado, sensato. Claro era un hombre respetuoso. Pensaba en aquel momento.

Ahora entiende que eso no era suficiente. Que no se debe buscar al hombre que todo lo hace bien. No, esa no es la respuesta. Por supuesto que no. Se debe buscar al hombre que despierta tanta pasión y tanto deseo que te busque con la mirada y quiere devorarte cual león hambriento y que tu no quieras soltarlo. Eso no pasó en el noviazgo de Sofía. En ese noviazgo no hubo arrebatos de ningún tipo. Todo fue tan moderado. Tan perfecto.

Eso Sofía, lo entiende ahora.

Ese hombre era un buen amigo. Nada más. ¿Por qué se empeñó en hacerlo su esposo? ¿Por qué él la hizo su esposa?

Ahora ella devuelve su cinta magnética y recuerda que de manera errónea pensaba que el deseo pasa como un estrella fugaz y luego muere. Y es tanto lo que muere que al final solo queda estar en una relación con un amigo. Con un buen amigo al que se le brinda calor de hogar a través de unos hijos y una casa bien cuidada, pero nunca calor bajo las sábanas.

La gran pregunta que se hace Sofía ahora, es ¿Por qué soportó tanto tiempo una relación disfuncional? ¿Por qué decidió invertir toda una vida en una relación que no la hacía feliz, en una relación absurda que la llevaba a una angustia emocional y que al final no la llevaba a ningún lado?

¿Por qué Sofía no reaccionó ante una relación que le golpeaba su espíritu y su alma?

¿Por qué se conformó con migajas? ¿Por qué él también se conformó?

El matrimonio estaba conformado por los dos, los dos decidieron por mutuo y libre acuerdo conformar un   hogar. Nadie los obligó, nadie los empujó, ya eran adultos…eran dos cuerpos, dos corazones soportando el peso de una unión solo porque se había dado un "SI". Ambos se equivocaron. Ninguno reaccionó a tiempo.

El mar, la playa, el sol, el hotel más hermoso, la comida más deliciosa y el más romántico de todos los ambientes, eran el marco de la luna de miel de Sofía y su esposo.

Estaban todos los ingredientes, estaban todos los elementos necesarios para hacer de la luna de miel, el más hermoso de los recuerdos. El más hermoso de los encuentros.

Sólo faltó un pequeño-gran elemento. La pasión. Esa no se presentó. Esa es la más esquiva y deslizante condición que casi nunca hizo presencia en la vida marital de Sofía.

Desde el principio el encuentro físico no funcionó, no fluyó. A Sofía le dolía todo, se quejaba, el dolor se hacía evidente. ¿Qué sucedía? ¿Por qué las ganas no superan al dolor?

Sofía miraba a su esposo y no le gustaba como él abordaba el momento del encuentro, no había un preámbulo delicioso. No habían palabras, no habían caricias sugestivas. Era todo tan plano y tan básico. ¿Por qué ella no le inspiraba una palabra subida de tono? ¿Una palabra que incitara a ese encuentro único y mágico?

¿Por qué Sofía, no evidenció esas carencias desde el noviazgo? ¿Por qué se conformó con pensar que iba a tener un gran compañero de vida y se olvidó de Eros?

Pero por supuesto que olvidó aquel gran dios de la mitología griega, responsable de la atracción sexual y el amor. Ese dios que ni siquiera aparecía en el pensamiento de Sofía.

Desde siempre metieron en su cabeza, que la atracción sexual es pasajera, que esos momentos de calentura en una relación desaparecen y luego solo viene el aburrimiento y la rutina, condiciones a las que uno se aferra y se vuelven propias del diario vivir.

Condiciones que se observan claramente en las parejas que llevan muchos años de casados. Se pierde todo. Así que en tu relación eso será lo que va a pasar. Pero eso está muy bien. Así debe ser la vida.

Así ha sido y así será.

Por Dios, que sarta de mentiras, que estupideces, que ideas tan equivocadas.

¿Quién ha dicho que debemos matar a Eros y hacernos los de la vista gorda? ¿Quién ha dicho que por tener cierta edad queda prohibido sentir y mucho menos expresarlo y mostrarlo abiertamente?

Eros es un dios que se debe buscar, que se debe cuidar, que debe hacer vibrar. ¿Entonces para qué un par de testículos, para qué un pene, para que una vagina y para qué un par de tetas?

¿O es que acaso después de la calentura de los primeros años de matrimonio, estos órganos se cercenan y se botan? Pues no. Siguen en el puesto, siguen sintiendo, siguen estando presentes. Además muchas veces pegan gritos desesperados diciendo a sus dueños : No me mates, estoy aquí. Soy parte de ti. Reclamo mis derechos. Soy parte de Sofía. No me deseches.

No me olvides. Somos los que te hacemos sentir viva y muy mujer.

¿Será que no lo amo lo suficiente? ¿Será que soy yo la que no quiere estar con aquel hombre y me sumerjo en la disculpa? Empezó a preguntarse Sofía de manera continuada y agobiante.

Tranquila, tranquila, todo tiene solución. Se repetía una y mil veces.

El mar era de un azul tan intenso y de una transparencia sin igual. Qué hermosura de sol al atardecer. Estos momentos lo disfrutaron y lo compartieron los novios, al fin y al cabo, eran amigos. Bailaron, participaron y se divirtieron con los espectáculos nocturnos que brindaba el hotel.

En el lecho marital, el espectáculo era otro.

Había sólo silencio.

Todo eso es normal, puede pasar. De nuevo el engaño y el autoengaño, de nuevo la justificación y por supuesto la culpabilidad galopando rampante en el corazón de Sofía.

Fue un gran viaje de amigos, super bonito todo. No pasó nada. No pasó nada.

Los novios sonreían y posaban para cada foto registrada. Qué paisajes tan bonitos. La máscara empezó a elaborarse. Esa máscara que pesaba y que se mostraba ante el mundo de Sofía, con actitud sonriente, perduró hasta el día en que ya no aguantó más.

Pero fue una máscara colocada con aceptación, con sumisión, con resignación. Una máscara que Sofía se empeñó en llevar, sin necesidad alguna. Hubiera podido renunciar a todo y liberarse. ¿Por qué no lo hizo?

¿Por qué le temió tanto a la resignación? ¿Por qué no le dio un lugar maravilloso y espectacular a la desesperanza? ¿Por qué no se rindió rápidamente?

¿Por qué Sofía, no mostró sus verdaderos deseos? ¿Por qué no gritó en la cara de su marido: "¿Estoy harta de tu indiferencia, estoy harta de que no me ames, como yo quiero ser amada, estoy harta de tu frialdad, estoy harta de mendigar afecto, estoy harta de esta vida de sin pasión, sin emoción, sin locura, estoy harta de una vida de solo trabajo y rutina? No estoy harta, estoy jarta".

¿Por qué él no mencionó ninguna inconformidad? ¿Por qué no dijo abierta y claramente: "como mujer no me inspiras nada" me pareces bonita...pero nada más? Debió pronunciar esas palabras justo después de la maravillosa luna de miel.

Por supuesto que es un hombre bueno, por supuesto que es un hombre responsable con respecto a las obligaciones de su casa, honesto, trabajador incansable, generoso, buen amigo, buen hijo, buen hermano.

Esas características propias en él, hacían que Sofía se sintiera intimidada y se repetía constantemente: "Dónde diablos voy a conseguir un hombre tan bueno" "Es el mejor de todos los hombres"

No pasa nada, no pasa nada; se repetía Sofía.

Yo soy la culpable.

Claro que soy yo.

La autoestima de Sofía, empezó a bajar. ¿O es que siempre estuvo baja?

La falta de pasión era un hecho. Pero las creencias religiosas ganaban un espacio único, se abrían paso a codo limpio en el mar de incertidumbres.

Sofía, lo tenía claro; acabo de casarme por el rito católico, así que eso es suficiente para aguantar. Nadie me amará tanto como el hombre que me hizo su esposa. Ni yo amaré a nadie más.

El apego emocional empezó a evidenciarse poco a poco.

Los sentimientos de debilidad emocional eran cada vez más fuertes.

Sofía, sentía que era completamente transparente para su consorte en el momento de encontrarse en un beso profundo, apasionado y lujurioso. Ella simplemente desaparecía.

Era muy importante en el resto de actividades y de toma de decisiones en el hogar. La palabra de Sofía contaba, era escuchada.

En la rutina del diario vivir, este hombre era un verdadero príncipe. El trato era super amable, cariñoso, respetuoso, tranquilo. Era un hombre que escuchaba los reclamos y quejas de su mujer con respecto a la compra de algún electrodoméstico, víveres para la casa, escogencia del sitio para pasar vacaciones, etc. etc.

Siempre había una sonrisa. Pero nunca una caricia fuera de base. Nunca una tocadita por debajo de la falda. Nunca.

¿Por qué yo no inspiro esas travesuras tan normales, tan esperadas y deseadas? ¿Por qué nunca llegan? ¿Por qué nunca hay fantasías sexuales? ¿Por qué nunca se habla de ellas?

Pero por supuesto que no tenía sentido hablar de fantasías. ¿Para qué?

¿No es acaso él, el que tiene testículos? ¿No es acaso él, el cargado de testosterona?

¿Acaso no es él, el que debe buscar ayuda y no yo? ¿Será que existe una condición especial, y el no dijo nada? ¿Será que es homosexual?

¿Cómo saber la respuesta a estos interrogantes? Nunca dijo nada. Nunca buscó ayuda. Con una tranquilidad pasmosa dejó pasar años sin hacer absolutamente nada por los dos.

Sofía debió tomar la iniciativa y hacer una cita con un especialista en ayuda de pareja. Tampoco lo hizo. ¿Por qué?

Nunca buscaron ayuda. Ninguno de los dos reaccionó.

Sofía con sus ojos encharcados, le preguntaba el porqué de esa actitud, por qué no había sexo. Nunca hubo una respuesta firme, una respuesta contundente. Todo se quedaba en el aire.

Ese tema parecía no importarle. ¿Pero por qué?

¿Es que acaso tenía una amante? ¿Pero a qué horas? ¿En qué momento? ¿Con qué dinero?

Ese esposo, nunca desaparecía, nunca se perdía.

Sofía sabía exactamente en que se invertía cada peso. ¿Entonces?

Si Sofía no le inspiraba nada, si no lo hacía vibrar, entonces ¿Por qué no la dejaba? ¿Por qué también se empeñaba en mantener una pared de humo?

¿Era marica?

Pero Sofía, veía como su esposo miraba a otras mujeres atractivas, como las miraría cualquier hombre. Siempre decía que los maricas, se deben respetar, pero que a él, ni se le acercaran por que le producían repulsión.

Así que de plano Sofía descartó la posibilidad de la homosexualidad.

Entonces quedaban la otra opción: Tiene una condición especial de bajísima líbido.

La Anafrodisia o inapetencia sexual es un bajo nivel de interés sexual, en el cual una persona no comenzará ni responderá al deseo de la actividad sexual en la pareja. La situación provoca insatisfacción y depresión, constantemente se formulan diversas excusas para evitar la relación sexual.

¿Era esto lo que sucedía?

Por Dios, busquemos ayuda !!!!!!!!

Y la respuesta, era siempre la misma. Si, hay que buscar ayuda. Claro hay que hacerlo.

El problema es que no dijo cuándo iba a buscar esa ayuda. No dijo en qué año, o en qué siglo. No le interesaba.

Lo peor es que Sofía, ante tanto rechazo no perdió la esperanza.

Siempre mantuvo la fe. ¿Para qué? Esa esperanza que se ríe constantemente de manera burlona. Esa esperanza debió morir enseguida. Debió morir desde la luna de miel. ¿Fue de miel o de hiel?

¿Para qué soñar con lo insoñable? ¿Para qué la ilusión? ¿Por qué no cortar de una? ¿Por qué no admitir que ese hombre jamás te tocará cómo quieres?

Jamás. Sofía no era una perdedora. Su matrimonio valía la pena. Que idiota fue.

Era el momento justo para entender que había perdido, que la desesperanza era la palabra clave para salir de esa relación enfermiza y tóxica que hacía doler el alma. No habían heridas evidentes, no habían moretones, no habían llagas, ni contusiones, sólo había un desgarramiento afectivo gigante que no se evidenciaba a la luz de ningún ojo humano, sólo a la luz del corazón de Sofía y del mismo Dios.

Cada lágrima derramada fue dejando rastro y una tristeza que se escondía detrás de una fachada.

Sofía mostraba al mundo la perfección de pareja, eso quería ella. Eso anhelaba ella con tantas ganas y deseos que la hacían mentir, mentir y mentir. Logrando empobrecer su alma.

Cuando una mujer no es tocada por años, empieza a perder sensibilidad, energía, ganas de vivir, sus ojos pierden el brillo. Y lo peor de todo es que empieza a conformarse con poco. Cualquier caricia es un gran premio. Se empieza a conformar con lo poco, con lo mínimo. Ya ni reclama. La aflicción, la soledad y la pena se vuelven cotidianos. Se vuelven parte del día, ya son parte de la piel de Sofía.

Y comenzó toda una vida. Se suponía que una vida de pareja. La vida siguió corriendo.

Una vida de pareja de apariencias, en la que Sofía se empeñaba y se sujetaba como si fuera la única y gran respuesta a su sentimiento de soledad.

Poco a poco pero con ahínco, las huellas indelebles de la soledad se quedaron como una impronta. Ya hacían parte de la vida normal de Sofía.

Él, todo lo hacía, todo lo resolvía. Era una situación tan ambigua, por un lado Sofía, se sentía muy protegida y por otro lado se sentía a la deriva, se sentía infinitamente sola.

De manera equivocada Sofía dejó de trabajar por un tiempo. El señor era el proveedor absoluto. Él se encargaba de todo. Sofía tenía una zona de confort en el plano económico. No le faltaba nada. ¿O le faltaba todo?

El apartamento, era muy agradable, muy confortable. Aireado, iluminado. La ciudad escogida para vivir brindaba un clima agradable. Todo perfecto. Lindos muebles, cuadros, etc, etc.

Sofía empezó a sentirse como un mueble más, como un objeto decorativo, un objeto al que no se le brinda una caricia más allá de las estipuladas. Empezó a sentir de manera clara que su vida no tenía sentido. Empezó a preguntarse ¿Para qué quería vivir? no encontró respuesta. Inició de manera profunda una crisis depresiva muy intensa. Cada familiar, cada amigo, se preguntaba, ¿Pero, qué le puede estar pasando a Sofía, si todo lo tiene?

Mientras tanto Sofía sólo sabía llorar de día y de noche, olvidó lo que significaba sonreír. Nada tenía sentido, nada valía la pena. El dolor del alma era evidente. Se sentía muy perdida en un laberinto eterno de depresión. Tenía los más horribles pensamientos, se agolpaban en su cabeza de manera furiosa. La enloquecían. No había tregua. Llanto y más llanto. Sofía olvidó que debía comer o beber. Sólo quería morir. Quería arrancarse la cabeza, sus pensamientos la perturbaban hasta llevarla a la demencia. Tenía un miedo inenarrable. Temblaba. Su angustia era sublime. El vómito y la náusea no la abandonaban.

Sofía sufría inmensamente, por eso un día intentó quitarse la vida. Ya no soportaba más. Se acercó a la ventana de manera muy peligrosa. Deseaba lanzarse. Vivía en un quinto piso. Hubiera sido mortal. ¿Por qué no lo hizo? No sabe.

El psicólogo recomendó varias terapias que dieron sus frutos. Nunca le comentó su ausencia de vida íntima. Inventó otras razones por las cuales probablemente llegó a la depresión. Al menos Sofía entendió que debía ocupar su cabeza en actividades productivas. Así que decidió emprender un nuevo reto. Sofía empezó a estudiar de nuevo.

El hecho de salir de casa, encontrar personas diferentes y tener un movimiento mental debido a su estudio, hacía que Sofía disipara y desafiara sus pensamientos suicidas.

El señor de la casa siempre apoyó a Sofía en lo referente al estudio. Era una realidad.

Siempre dijo que sí, cuando ella emprendía un nuevo proyecto estudiantil; era una gran manera de escapar de casa. Sofía disfrutaba enormemente esos espacios donde tenía contacto con otras personas. Estudiaba con ganas, con entusiasmo. Era buena alumna.

Fue curioso, cómo empezaron familiares y amigos a reclamar por un nieto, un sobrino o amiguito. Era lo esperado y reclamaban con justa causa la presencia de un bebé en casa de Sofía.

Estaba un poco complicado lograr dicho cometido.

El silencio en la cama de Sofía era tan grande y para concebir una criatura se hace necesario cierto alboroto. Y entonces......

Empezaron las escaramuzas sexuales, un poco, buscando ese chiquillo o chiquilla. Nada pasaba.

Yo quiero ser madre; era un sentimiento muy diáfano que siempre albergó Sofía. Así que ya era justo. Su bebé debía llegar, debía nacer.

Difícil, pero no imposible.

¿Doctor, que debo hacer para quedar embarazada? Nada funciona.

El médico ignorante de la situación daba recomendaciones de horarios y temperaturas a tener en cuenta durante el acto sexual para llegar a un feliz término.

Claro que sí doctor, eso haremos.

Por favor, claro que se hizo caso a las recomendaciones médicas. Esos encuentros sexuales, no podían ser más aburridores, ni más faltos de emoción. Se hacían por cumplir y nada más.

Todo se hacía porque tocaba, porque era una recomendación. Por supuesto nada funcionaba. No había bebé.

Empezaron los recorridos con los médicos especialistas, mil análisis, mil pruebas.

Sofía se preguntaba ¿Por qué en lugar de buscar ayuda profesional para salvar el matrimonio y descubrir las causas de tanta indiferencia y de tanto desamor, se buscaba ayuda para procrear?

¿Por qué Sofía no entendió que primero es lo primero? ¿Para qué un hijo en medio de la insatisfacción y de un declive afectivo?

¿Para qué un hijo, que poco verá sonreír a su mamá? ¿Para qué una mamá triste y apocada? ¿Para qué una mamá que se siente sola?

Nunca hubo bebé. ¿Será que la incompatibilidad afectiva, la falta de emoción y de verdaderas ganas se reflejó claramente en no poder concebir? ¿Esto impedía el encuentro sublime entre los espermatozoides y el óvulo? Es que acaso estas células se escondían, como diciendo, como gritando, si este encuentro se va a dar sin una pizca de sentimiento escandalosamente delicioso y placentero, preferimos no ir a esta cita. Mejor es perderse en el olvido.

Todos los análisis eran perfectos, todas las hormonas en completo equilibrio, los órganos estaban sanos y en su sitio, no había malformaciones. No había nada que impidiera el embarazo. ¿Entonces por qué no llegó nunca el bebé?

Tanto silencio en esa cama, era como una maldición. Nada funcionaba.

La "INDIFERENCIA" se convirtió en una daga persistente y fría que se presentaba impávida, cada día, cada hora atravesaba el corazón y el cuerpo de Sofía. Esa sí funcionaba a las mil maravillas. Esa sí que daba frutos constantes. Frutos insípidos, con sabor a la amargura de una noche quieta, sola, triste, callada. Frutos magullados, aporreados, maltratados, lastimados.

¿Por qué putas, Sofía se acostumbró a la indiferencia? Esa indiferencia que seca, que mata, que apaga y que extingue hasta las ganas de respirar.

La indiferencia es como un cáncer afectivo que despliega todas sus armas a favor del dolor. Sin compasión crece y hace metástasis a todos los órganos, incluida el alma. Y lo peor lo hace de manera asintomática, perversa. Pero cuando menos se piensa ya todo es irreversible. No se puede hacer nada. Todo ha muerto.

¿Pero mientras qué sucedía con la vida y en la vida de Sofía?

El vientre de Sofía nunca se ocupó. Su útero no respondió. De pronto esa matriz exigía más entrega, más amor. Ese útero obstinado se rehusaba a dar su consentimiento. Nunca lo dio.

Sofía sentía que ya había tenido suficiente con tanto remedio casero, con exámenes, con ilusiones fallidas.

El diagnóstico de infertilidad, más no de esterilidad, sin embargo daban una pequeña ilusión a Sofía. Pero esta se desvanecía con la llegada cada mes de la visita, esto entristecía más a Sofía. Se sentía infecunda, seca, poco mujer. Se sentía completamente asustada, perdida, sola.

El tiempo transcurría.

Los esposos tomaron una decisión trascendental: ADOPTAR.

Esa decisión representó para Sofía, un bálsamo, un remanso de paz.

Sofía, ya no era una jovencita que pudiera darse el lujo de pujar. Se estaba convirtiendo en una paciente de alto riesgo si lograba concebir.

Así que llegó una gran alegría, una gran ilusión. Un bebé en donde se refugiaría. Sería un gran motivo para continuar con una vida.

Se inició el proceso de adopción. Fueron solicitados mil y un documento. El hogar de los esposos fue visitado y revisado. Todo parecía estar perfecto. Así que no hubo objeción alguna. Se vivió toda una transformación en el corazón de Sofía.

Esperaba con ansiedad el día de la entrega de la nena.

Si, la decisión fue adoptar una niña.

La espera fue de trece meses. Fue una espera linda, una espera deseada. Por fin llegó el día.

Ese día salió el sol, ese día se le iluminaron los ojos a Sofía. Su esposo, también estaba feliz.

Por fin sería madre. Lo logró. Su pequeña llegó. Era la niña más linda, más hermosa del mundo. Sus ojitos de un intenso oscuro, hablaban por sí solos.

El momento de la entrega fue indescriptible. Esa chiquita, sería mi hijita. Por fin la tendría entre mis brazos, por fin la mecería en mi regazo y le cantaría una canción de cuna. Le prepararía los más deliciosos y nutritivos teteros. Le leería cuentos y le enseñaría a orar mientras le juntaba las manitos, le enseñaría a coger el lápiz. Le mostraría el sol, la luna y las estrellas. La llevaría al mar. Veríamos películas juntas y jugaríamos a las muñecas.

Todo eso y mucho más hizo Sofía. Su hijita se convirtió en un gran motivo, por el cual levantarse cada día tenía sentido.

Ella por su parte, se iba convirtiendo en una preciosa chiquilla, vivaracha y en toda una artista. Era impresionante cómo transformaba un trozo de plastilina en la más increíble de las figuras. Siempre habilidosa. Sus manitos fueron privilegiadas. Dios le dio unos talentos sorprendentes. Es una artista. Ella lo sabe. Tiene muy desarrollado el sentido del color, de las proporciones, de la perspectiva. Escribe, dibuja y colorea de manera prodigiosa.

Qué orgullosa se sentía Sofía de su hijita. Esa pequeña salvó la vida de Sofía.

Ya llegó la pequeña. No había ya necesidad de buscar bebés. Ahora sí Sofía, olvídate de volver a ver el pene de tu esposo. Efectivamente, así ocurrió.

Ya no había ningún motivo para acercarse. Ninguno.

CAPÍTULO III

"SI SIENTES QUE NO ES TU SITIO, VUELA LEJOS"

¿Volar? ¿Dejar a su marido? ¿Dejar un hogar? ¿Darse por vencida? ¿Dejar una hija sin su padre? ¿No luchar contra la corriente? ¿Por qué no volar a otras tierras, a otros valles con aguas frescas y renovadas?

Por favor, eso no estaba escrito.

La desesperanza no podía hacerse presente. Nunca. Jamás doblegarse ante situaciones que pueden llegar a tener arreglo. Por supuesto, todo se puede restablecer.

Como siempre, relucía la Sofía llena de ilusión, llena de fe, de confianza.
Mostrando una sonrisa al mundo, mostrando una pantomima, toda una farsa alimentada por las ganas y el sentimiento de sentir que toda adversidad puede ser derrotada.

La cruz se lleva con dignidad y resignación. ¡¡¡Qué cruz tan pesada!!!! y tan invisible para todos. Pero es la que me tocó, que dicha. Matrimonio sin cruz, no es matrimonio. Eso pensaba y aseguraba Sofía.

¿Por qué de una vez por todas, Sofía no salió corriendo? ¿Por qué si era tan infeliz, no huyó, por qué no se largó?

¿Por cobarde o por estúpida? ¿O por las dos cosas?

Si no despertaba nada en ese hombre llamado esposo, ¿Por qué él no se fue, por qué no habló claro desde el principio? ¿Por compromiso, por mantener una imagen de esposo perfecto? ¿Por qué no se largó?
¿Por cobarde o por estúpido? ¿O por las dos cosas?

Sofía nunca comentó su situación sexual, su vida marital con nadie. Con absolutamente nadie. ¿Para qué? ¿Para dejar caer el antifaz? Eso sería entregarse. Sólo Dios y su almohada sabían su callada verdad.

¿INFIDELIDAD? Cualquier mujer bajo este tipo de convivencia absolutamente ingrata, sería infiel. Por supuesto que lo contemplaría. ¿Sería hasta aceptable? ¿O no?

¿Qué es la fidelidad para Sofía? Un pacto abierto, total y un compromiso ante la monogamia. Es un pacto afectivo y sexual que se materializa a través de un matrimonio, un pacto que hace porque se desea de verdad hacer, no por que toca hacerlo.
¿Ante el altar se pronuncia la frase "Para siempre"? Y esa frase cobra un valor de infinito. Infinito para callar, infinito para aguantar. Debería ser un infinito para gozar, para disfrutar.

Nunca, pero nunca, ni siquiera en broma, Sofía, consideró la posibilidad de ser infiel a su marido. Por favor, ni en sus peores días. Nunca un pensamiento de esos le jugaría una mala pasada. Jamás sería capaz de ser infiel. Ni por un segundo. Así lo hizo. Lo cumplió. Ella sabía lo que es hacer un pacto de verdad, un pacto por amor, por compromiso, con honestidad.

Claro que hubo tentaciones y vaya que tentaciones. Tentaciones de músculos marcados, de ojos y cabellos intensamente oscuros. Tentaciones de 10 años menos. Tentaciones de barbas cerradas. Provocaciones hechas con inteligencia y con deseo. Tentaciones que le hablaban al oído diciéndole lo hermosa e inteligente que era. Tentaciones que huelen a hombre. Tentaciones que parecían irresistibles. Sofía nunca cedió un centímetro.

Entendía claramente que la fidelidad es una decisión, es un escapar a tiempo de una provocación, de una insinuación, de una incitación. La infidelidad sería comprar un boleto de ida sin regreso al mismísimo infierno. Y eso era algo que Sofía no podía soportar.

Nunca sucumbió. Se mantuvo firme. Muy firme por ella, por su conciencia, no por él. No por su esposo. ¿El merecía todas las infidelidades, o no?

Ella sabía que meterse en una relación clandestina, sería como un tsunami en su vida. Ella siempre tan firme en sus convicciones, en sus preceptos, en sus dogmas, era algo inconcebible.

Su alma, su corazón, su mente y su conciencia rechazarían de tajo una situación de esas. ¿Involucrarse con alguien solo por sexo?? Jamás. Eso la haría sentir sucia, despreciable, adúltera total. Un acto tan indigno y de tanta deslealtad superaba cualquier asomo de deseo en Sofía.

Siempre se comportó como una dama. Nadie, pero nadie y menos su esposo puede decir que le fue infiel. Ni siquiera mentalmente. Siempre había esperanza en el corazón de Sofía, siempre soñaba con un milagro.

¿Pero para qué? ¿Acaso la vida no está hecha de momentos? ¿Un momento de lujuria sería tan reprochable? Sería solo una aventurilla pasajera, sin significado emocional alguno. ¿Qué más da? ¿Quién se iba a enterar? ¿A quién le iba a importar? ¿Hubiera sido lo mejor? Escapar de una vez por todas por la puerta trasera sin dejar huella. ¿Escapar sin importar dejar en el fogón café hirviendo? El fogón era el único que hervía en la casa de Sofía.

Pero por supuesto que a Sofía le hubiera importado y le hubiera pesado un montón el hecho de ser infiel. Le hubiera costado muchas lágrimas de desprecio hacia ella. No lo hizo. Probablemente nunca lo hará.

Las provocaciones llegaron desde diferentes niveles.

La Sofía profesora, se movía en un círculo de chicos a los que les impartía conocimiento. Eran chicos entre los 18 y 25 años. Jóvenes, atléticos, inquietos, hormonalmente activos.

"No hay profesora más linda que la que yo tengo, es la más hermosa, las que más sabe, como ella ninguna" Esto le decía uno de los alumnos a Sofía. El alumno estrella, del que todas las chicas están enamoradas. Lo hacía de manera descarada, con desparpajo, con espontaneidad. No le importaba que sus compañeros lo escucharan, no le importaba nada.

Con sus grandes ojos oscuros, perseguía a su profesora por todo el salón. No prestaba atención. Sólo miraba a Sofía de forma lujuriosa. La confrontaba, la intimidaba.

Se acercaba peligrosamente al oído de Sofía y sin ella advertirlo también olía su cabello. Eso lo hacía con la rapidez de la luz.

La incitación era constante. El chico dueño de un carisma y un físico peligrosamente delicioso, no cesaba de enviar mensajes a su maestra.

Un día la siguió hasta su casa, descubrió dónde vivía.

Inventaba cada cosa, todo era disculpa para aparecer en la residencia de Sofía. Siempre necesitaba una explicación más, el tema no le quedaba claro, etc, etc.

A veces simplemente se ponía enfrente de la casa y llamaba a Sofía diciéndole: " Profe, necesito verla, salga por favor".

"Noooooo, por favor. Por lo que más quieras, no me hagas esto. Vete ya. No me hagas esto. Soy una mujer casada. Nunca te he dado esperanzas de nada. Y nunca te las daré.

Conozco mi puesto y no es contigo. Hasta podría ser tu madre"

El chico de manera enérgica y muy seguro contestaba: "Pues no es mi madre, es sólo una mujer que me gusta muchísimo y quiero amarla, déjese amar profe, eso no duele"

Sofía sólo se reía. Nunca pasó nada. ¿Debió dejar que pasara?

La profesora, no pasó inadvertida por el padre de unas de sus alumnas. La aprendiz tenía ciertas dificultades de aprendizaje y un día cualquiera apareció con su progenitor. Para él era importante que su hija obtuviera buenas calificaciones y la chica no lo estaba logrando.

Sofía, atendió al padre de familia con tranquilidad y explicó al hombre que su hija tenía algunas dificultades de tipo cognitivo y que ya entre las dos habían emprendido algunas estrategias educativas para que el aprendizaje fuera más eficiente.

El hombre miraba de una forma coqueta y divertida a Sofía, la escaneaba de arriba hacia abajo, preguntaba, esperaba la respuesta mirando más allá de los ojos. Sofía observaba unas hermosas manos jugueteando nerviosamente con un lapicero. Y luego sin más, ni más y sin tapujos, de una manera espontánea y casi infantil, el hombre preguntó a Sofía… ¿Podemos cambiar de tema? Claro, si sr, dígame… ¿Le habían dicho que Ud. es la profesora más bonita de este Instituto? Soy un hombre divorciado, quisiera invitarla a tomar un café, ¿Puedo? Sofía solo abrió los ojos más de lo normal, no lo podía creer…que alguien la invitara a un café con claras pretensiones de algo más…pero por favor ¿Qué es esto? El nerviosismo de Sofía se hizo presente, se evidenció claramente, solo atinó a decir…soy una mujer casada…gracias por su invitación.

De una manera amable y respetuosa el hombre agradeció el tiempo dedicado a su hija y despidió diciendo…permítame decirle de nuevo que es usted una mujer muy bonita y me hubiera encantado conocerla más.

Se despidieron de Sofía unos hermosos ojos color miel. Se despidió de Sofía un hombre muy atractivo, se despidió para siempre, no sin antes dejar una mirada de hombre. Así lo sintió Sofía.

Lo que Sofía siempre hizo, fue ser terca, irremediablemente terca. Ella sentía que no era su espacio y sin embargo no volaba. Se quedaba. Y se quedó por veinte años. Se quedó aferrada. ¿Aferrada a qué? ¿A unas paredes mudas? ¿A una cama helada? ¿A un esposo indiferente? ¿A una hija prestada por un ratico? A eso, Sofía le llamaba hogar.

Era increíble ver pasar el tiempo por la ventana. Los árboles de enfrente cada vez más altos, con más ramas, más verdes, más fuertes. La hijita de Sofía, creciendo en altura y travesuras, llena de vida y de salud. Inteligente, curiosa, creativa, hermosa.

Sofía, callada, aburrida, poco sonriente. Pero de pie, al frente de la situación. Más vieja. Más resignada pero con asomo de optimismo. Aún con los brazos arriba. Un esposo serio, responsable, calmado.

Quiero una hermanita, quiero una hermanita, quiero una hermanita. Repetía una y mil veces la pequeña. Quiero una hermanita para jugar, para crecer juntas, para acompañarnos. Por favor, quiero una hermanita.

Este deseo al principio sonó como una broma, luego comenzó a tomar fuerza y a ser escuchado con atención.

La solicitud era constante y reiterativa. Ya se había convertido en una súplica.

Quiero y necesito una hermanita. Era la constante de día y de noche.

Sofía y su esposo empezaron a considerar el tema. Era un pedido hecho desde el alma. Era una petición y un ruego que hizo eco en el corazón de los padres siempre complacientes con los deseos de su pequeña.

Al principio, Sofía sentía que ya una hija era suficiente; pero luego lo reconsideró.

¿Será que esta es una oportunidad magnífica para fortalecer lazos de familia muy fuertes que se reflejarán en un nuevo florecer y la ilusión y unión como padres y como esposos se verá traducida en un entendimiento de pareja único y verdadero? ¿Será que mi esposo me mirará diferente?

Que cantidad de estupideces juntas. Qué ingenuidad tan hijueputa la de Sofía.

De cuando acá se le deja a una criatura inocente, ¿tanta responsabilidad?

¿Por qué un chiquitín tiene y debe hacer milagros? No. Eso no es así. Su sola existencia ya es un milagro. Punto. No tiene por qué hacer más.

Sofía tenía que adherirse a algo; tenía que agarrarse con todas sus fuerzas de algo que representara unión, que representara amor. De esa forma eso se traduciría en cambio, en un despertar de calor y fuerza matrimonial. Que necia era Sofía.

Ya la terquedad de Sofía, rayaba con la demencia. Estaba completamente loca, buscando salvavidas, donde ya solo existía la muerte.

Una nueva hijita, claro que sí. Será maravilloso volver a vivir el proceso de la adopción. Esa chiquilla traerá armonía a este hogar.

Efectivamente. Así fue.

La adopción es un proceso hermoso que se vive y se siente. Existe una emoción enorme. Se vive y se sufre como cualquier embarazo.

La solicitud de documentos, las reuniones constantes y numerosas hacen desistir a la mayoría de los padres que en algún momento toman la decisión de adoptar.

De esta forma se mide el temple de los padres adoptantes, de esta manera se hace un filtro y se determina claramente si la decisión tomada fue seria y responsable.

Faltar a una sola de las reuniones casi que implicaba una renuncia a ese hijo. Sofía y su esposo nunca faltaron a ninguna, el compromiso era firme. El deseo de una segunda hija era sincero.

En el desarrollo de esta espera se evidencia claramente las posiciones de los familiares, de los amigos y de los hermanos frente a este proceso.

La madre adoptante debe asumir y aceptar totalmente que ya agotó todos los medios para quedar embarazada, que ya no estará desesperada buscando un bebé. Debe aprender a esperar este pequeño como si lo tuviera en su vientre.

El padre por su parte debe llegar a la aceptación total de que su esposa por el momento no está apta para concebir, si ese fuera el caso.

Se replantean miles de posiciones frente a la llegada de este nuevo miembro familiar. Se hacen mil planes, se sueña un montón.

Es una época de espera con ilusión, con emoción.

Cuando llega el día de la entrega, la sensación es indescriptible.

Otra nena en la vida de Sofía. El corazón le palpitaba, estaba a mil por segundo. Se repetía la hermosa historia.

El gran regalo de Dios se hacía presente, se materializó en una hermosa y tierna niña, con ojitos dulces y mirada de picarona. Es una niña sociable y sensible. Habladora, siempre lista a servir y a colaborar. Hermosa, saludable, fuerte.

Qué más se podía pedir. El hogar estaba lleno. Dos hermosas hijas, papá y mamá juntos.

Todo parecía ir tan bien. Era la familia de mostrar, la del ejemplo.

Sofía vivía ambigüedades; por un lado frente a la familia y la sociedad entera se mostraba una cara amable, era una realidad. Las niñas estudiaban en colegios privados, costosos, su alimentación era balanceada, habitaciones propias con todo tipo de adornos y juguetes, ropa para el frío o el calor, vacaciones escogidas y por supuesto todo el afecto y cariño de sus padres y familiares. Lo que se llamaría niñas privilegiadas.

El esposo, tierno, querendón de sus hijas, educado, tranquilo, sereno, trabajador.

Que más se le podía pedir a la vida. Por Dios, el que quiera más que le piquen caña.

Entonces….por Dios Santo, ¿Por qué esa indiferencia?

¿En qué puto lado busco la respuesta? No la encuentro.

Sofía caía rendida en su cama después de un día de rutina, sin dejar de hacerse la misma pregunta.

Su esposo impávido, quieto, cansado, sereno, tranquilo.

Demasiado quieto, demasiado tranquilo.

Y Sofía, siempre obstinada y testaruda, continuaba en el nido.

Un nido helado pero al fin y al cabo nido.

¿Por qué tanto miedo a la soledad? Si ya estaba sola. ¿Por qué tanto miedo a quedarse sin una seguridad económica si tenía sus manos y su cerebro? ¿Por qué inclinarse ante el apego cruel y devastador? ¿Por qué negociar lo innegociable?

El qué dirán, la opinión del otro, siempre, pero siempre era muy importante para Sofía.

¿Por qué? ¿Por baja autoestima? ¿Por no amarse lo suficiente? ¿Por no amarse nada?

Si sólo hubiera tenido un empujón desde ese nido. Nadie la empujó. Hubiera sido increíble el golpe, pero habría sanado.

Si Sofía hubiera entendido que era una valiente porque perseguía un sueño sin rastro, que era valiente porque caminaba muy erguida pero su corazón quería gritar que vivir le dolía, que era una valiente porque traía un mar de dolor en el alma y sin embargo saludaba con alegría, que era una valiente porque a pesar de todo se levantaba para hacer el desayuno a su familia, que era una valiente porque a pesar de ver pasar su vida entera a través de una ventana aún se atrevía a maquillarse y a sentirse linda, que era una valiente porque a pesar de muchas veces perder la esperanza no bajó los brazos. Si Sofía hubiera entendido que sentirse derrotada también es de valientes, hubiera huido. No lo hizo.

• CAPÍTULO IV

"GRACIAS A DIOS, APARECIÓ LA OTRA"

Y se fue la vida. Toda una vida. Corrió como agua entre los dedos.

Se fue como una exhalación profunda y difícil. Pero se fue. ¿Pero a dónde fue? El altanero espejo contesta inmediatamente, no lo duda, de frente y sin anestesia te lo muestra. Aquí está el tiempo, aquí está tu vida.

Ya tu frente y tus ojos muestran pliegues imborrables, ni la mejor de las pociones es capaz de aminorarlas. Ya nadie te trata de señorita, nadie. Ya tienes cara de señora. Tus senos y glúteos ya no están en el mismo sitio que solían estar, ahora son amigos de la odiosa, imperturbable e implacable ley de la gravedad. Y la lozanía de tu piel debes lucharla y descubrirla. Tus manos ahora evidencian la cantidad de platos lavados, ahora tienen venas prominentes. Ahora tus hijas te ven vieja y encima de todo la más cansona y exigente de todas. Ya eres antigua.

A qué horas pasó todo esto. ¿En qué maldito momento mi alma y mi espíritu se metieron en este cuerpo viejo?? ¿A qué horas?? Sofía sólo se observaba con asombro.

Si antes, con juventud y mucha vitalidad, no ocurría nada, mucho menos ahora.

Sofía muchas veces sintió deseos de huir, pero no lo hizo, golpeaba la puerta de un corazón indiferente y nunca se abrió esa puerta, sólo había humillación al no encontrar respuesta, era como perder un trozo del corazón, del alma, porque recibir como respuesta la indiferencia continua, era como recibir un gran maltrato. Una indiferencia que golpea más que un puño, una indiferencia que desgasta. ¿Es que él no se daba cuenta? ¿Es que a Sofía le faltó fuerza en sus palabras, le faltó gritar?

¿Pero por qué Sofía buscaba amor donde sólo había dolor? ¿Por qué golpeaba una y otra vez esa puerta? ¿Por qué no entendió que no debía hacerlo, por qué no entendió que era humillante hacerlo? ¿Por qué no entendió a tiempo que esa puerta debía abrirse de par en

par para ella? ¿Por qué ella no se sentía
merecedora de esa apertura?

¿Por qué no invocó a Neruda? :

"Si poco a poco dejas de quererme,
dejaré de quererte poco a poco,
si de pronto me olvidas, no me busques,
que ya te habré olvidado"

Terca, necia, aguantando, esperando el
resultado de la tarea infértil de encontrar un
cambio.

Sofía siempre llena de una gran sensibilidad
que la recorría y la carcomía sentía pánico al
siquiera imaginarse sola. Si era dueña de una
inmensa sensibilidad, brillantez; si era analítica
e intensa ¿Por qué toleraba lo intolerable?
¿Por qué permitía que le robaran la energía y
las fuerzas? ¿Por qué nunca recibía un halago
en público y menos en privado? ¿Por qué lo
soportaba? ¿Por qué no hizo sus maletas?

Sofía debió asumir esa sensación de desamparo, de agobio, de miedo, de abandono, de vacío profundo, debió abrazar cada uno de estos sentimientos y luego debió soltarlos. No lo hizo. Esos sentimientos tristes la hicieron apegarse de alguien, sin importar cómo la trataba ese alguien. La dependencia afectiva y emocional se evidenciaba cada día más y más y Sofía no era consciente de que eso le robaba la libertad.

La pareja perfecta salía a la calle, a veces agarrados de las manos, cual novios adolescentes. Qué bien se veían. Si Eros se hubiera presentado, ese sería el matrimonio perfecto. Él un buen hombre, ella una buena mujer…y Eros… ¿para qué más?

Se vivieron épocas de vacas muy gordas, no tan gordas, vacas flacas y vacas anoréxicas.

La familia pasó por momentos de fluidez económica, de gran tranquilidad en ese plano, pero también se vivieron temporadas de gran estrechez, de angustias. Las arcas de la familia durante esos 20 años fueron fluctuantes. Pero gracias al trabajo constante del proveedor del hogar, se disfrutaron más momentos de holgura económica que de apuros.

Sofía siempre estuvo de pie en los momentos difíciles. Se mantuvo firme. Y encima de eso se sentía muy orgullosa de sentir que ella era tan firme como mandaba la ley. Su hogar estaba engastado en una roca fuerte, donde ninguna tempestad era capaz siquiera de hacerla tambalear. Con qué orgullo lo proclamaba.

Mientras tanto, su esposo, ya empezaba a planear la huida. Él sí.

El rechazo se hacía cada vez más evidente. Ya Sofía era un verdadero estorbo, cualquier asomo de caricia era un fastidio, ya no había cabida en ningún plan. Aunque Sofía contaba con empleadas domésticas muchas veces era sólo alguien que debía limpiar la casa, cocinar, lavar, planchar la ropa y cuidar niñas. El servicio era prestado con calidad, con eficiencia y eficacia. Sofía hacía todo, hacía mucho rato no sonreía. Eso no importaba.

En las noches cuando una cama yerta y álgida esperaba el cuerpo de Sofía, otro cuerpo se acomodaba. Un cuerpo que no hablaba, que no amaba, que callaba. En las incontables madrugadas somnolientas de Sofía, ella observaba cómo su acompañante ayudado por su móvil, disfrutaba de videos pornográficos. Su disfrute era total. Mientras, Sofía dejaba caer lágrimas silenciosas y amargas en su almohada. Eso dolía, ese maltrato callado a gritos hacían temblar el alma de Sofía. A él no le dolía su dolor, le importaba poco. Qué más da. Esto se lo estoy haciendo a Sofía. ¿Acaso quién es Sofía? Es simplemente la que barre y trapea. La que ocupa un lugar en esta cama por error, debería dormir en el suelo, en el patio. No debería dormir en esta cama, en esta casa. ¿Qué hace Sofía aquí?

Después de ser la mujer que entró flamante a una iglesia y salió del brazo de su amado esposo, ahora era la mujer despreciada, la que hacía estorbo, la ignorada. La nunca amada. Dios que dolor. ¿Hasta cuándo? Estúpida Sofía.

El señor de la familia, ya hacía planes con otra mujer. Ya la estrategia estaba planeada. Sofía por supuesto ignoraba todo. Como siempre.

Y llegó el horrible día, al menos en ese momento, así lo sintió Sofía. Su amantísimo esposo, muy cauto, muy firme, muy serio, muy puesto en su sitio, llamó a Sofía. Se le salía el corazón del pecho. Sospechaba lo peor. Llegó la fatídica hora.

Y con claro acento dijo: "Hoy pongo fin a esta situación. Ya no siento nada por ti. Esto se acabó"

Como si fuera necesario aclararlo. Por favor. Hace veinte años se había acabado. Nunca empezó.
Sofía, cayó al piso. Sólo atinaba a decir: "No, no, no. No puede ser. Mi hogar, mis hijas. Son veinte años. No por favor. Esto no me puede pasar a mí. Por favor intentemos de nuevo. Por favor. Por favor"

Como cosa rara, Sofía mendigando amor. Por Dios, ¿hasta cuándo?

Sofía suplicaba desde el piso en posición fetal.

El señor desde su altura, la miró con desprecio y le gritó: "NO, YA DIJE QUE NO!!!!!!"

Ese espantoso NO, retumbaba en los oídos de Sofía. Retumbaba en el alma.

Sofía entró en shock. No lo podía creer. Era inconcebible.

¿Tanto dolor para qué? ¿Tanto maltrato, para qué? Todo se redujo a un charco de lágrimas.

Sofía lloró ese día y el que le siguió y el que le siguió, hasta que ya no lloraba, solo sollozaba. Ya no tenía agua en sus células. Estaba en deshidratación nivel III.

Ya para qué lloraba. Su vida estaba destruida, su castillo de humo se desvaneció, su corona de azahar se marchitó para siempre. No quedó nada.

Y faltaba la cereza del pastel. Faltaba el adorno a esta fatalidad.

La fidelidad, sentimiento desteñido y pasado de moda quedó en el olvido. Se puso de pie la infidelidad, se hizo presente y llenó el espacio.

El hombre respetuoso, calmado, cauto, sereno, tenía una amante.

Por supuesto Sofía lo ignoraba. Seguía pensando que la separación se debía a otro tipo de factores, como siempre ella se sentía culpable, todo fue su culpa. Ella era la causante del divorcio. Jamás esta separación será a consecuencia de una infidelidad.

Como siempre, la ingenuidad a flor de piel, rayando con la estupidez.

El diálogo entre una concubina y su hombre siempre es de tono subido en cuanto a pasión y romance. Este idilio no podía ser la excepción.

El siempre cauto esposo, dejó de ser cauto por un momento y su hija mayor descubrió por casualidad la vileza, la traición. Se lo mostró a su madre.

Será algo que Sofía, en su corazón de madre nunca perdonará. No perdonará el hecho de que su hijita, su hermosa e inocente nena, haya tenido que pasar por un momento así. Sus oscuros y grandes ojos hablaban con miedo.

Le dijo a su mamá: "¿Mami, tu confías en mi papá? Por supuesto hija, tu papá nunca me sería infiel. ¿Por qué? Mami, mira lo que encontré, mira todo lo que le dice mi papi a esa mujer. Esas cosas se las dicen los enamorados"

¿Qué, qué? Fue lo único que atinó a decir Sofía.

Sofía observaba el computador, miraba pero no veía.

Temblaba, tiritaba como una hoja expuesta a merced del viento helado. Por Dios, ¿Qué más falta para completar este ciclo de intenso dolor? Y de dónde iban a salir las lágrimas si ya no habían más. Todas se fueron enredadas en los cuernos.

Que te digan que ya no te aman y que todo debe acabar es muy fuerte y encima descubrir la infidelidad...eso si fue una bomba. Y sobre todo que su pequeña hija hubiera descubierto a su padre en esa vileza, eso le partía el corazón a Sofía. Su nena hermosa pasar por estas situaciones... ¿A su corta edad pasar por un dolor de estos? ¿Hacer temblar a su pequeño corazón? Descubrir que su amadísimo padre, era simple y llanamente un traidor más. No era justo.

Sólo las personas que han pasado por este proceso de la traición son capaces de entender el sentimiento de desasosiego, de agobio infinito. Se hace presente una sensación de salir corriendo y al mismo tiempo es paralizante, congela la sangre, causa taquicardia y a la vez bradicardia. La respiración se agita, las costillas se sienten incapaces de retener a los pulmones en su sitio. Es indescriptible. Es sentir la muerte recorriendo todo el cuerpo con pasmosa inquietud.

Sofía leía y releía cada mensaje enviado, cada palabra dicha con emoción, con pasión. ¿Por Dios qué es esto? había fotos. Por Dios.

En esos instantes Sofía se sentía desfallecer. No entendía que era lo mejor que le podía pasar y que en esos precisos instantes debía arrodillarse, gritar y dar gracias a Dios porque al fin era libre.

Debía proclamar a los cuatro vientos con mucha alegría y gozo que por fin había aparecido la otra. Apareció tarde, pero apareció. Ella no entendía que era un momento de júbilo, que era un momento para celebrar.

Ella sólo veía desolación y decepción. Seguía pensando que aquel hombre se entregó, que no luchó por mantener y tratar de arreglar un matrimonio deshecho. No entendía que era lo mejor que le podía pasar.

Aturdimiento total y negación era lo único que pasaba por la cabeza de Sofía. No lo podía creer aún. Era increíble que Sofía no entendiera que si ese ser la abandonaba y poco le importaba su dolor, si poco le importó que pasara toda una vida junto a él, si ya no había ni la más fría de las caricias, era porque ya no la amaba, es más, que ¿nunca la amó?

¿Por qué era tan difícil para Sofía soltar las amarras de una vez por todas? ¿Por qué era tan difícil voltear la página con agresividad y con fuerza de una vez por todas? ¿Por qué no aprendió a perder?

¿Y ahora qué? Fue la pregunta que se hizo Sofía, cuando por fin levantó un poco su cabeza. ¿Y ahora qué? Seguía en el laberinto oscuro, más perdida y triste que nunca. ¿Cómo extinguir todo? ¿Cómo correr y olvidar hasta cómo te llamas?

Soportar maltrato emocional durante años, soportar que descaradamente le mostraban lo poco mujer que era, lo poco que inspiraba, eso lo podía aguantar, estúpidamente, insensiblemente lo podía soportar, pero una traición infame, una infidelidad, eso no. Hasta ahí llegó. Eso superaba de manera total cualquier aguante.

Una traición del hombre que siempre creyó ¿perfecto? Del hombre que un día dijo "SI, ACEPTO". Por favor, eso era inconcebible.

Como pudo, tomó el celular y llamó a quien supuestamente era su marido. Casi no podía hablar. Sólo dijo con voz entrecortada y poco firme: "Lo necesito aquí en la casa, es urgente"

Sofía sacó fuerzas, no sabe de dónde. Cuando ya estaban los cuatro, ella preguntó al traidor: "¿Ud., tiene una amante? Por favor conteste delante de sus hijas. Quiero que ellas sean testigos de su respuesta. Él con cierto nerviosismo, pero a la vez con pasmosa tranquilidad contestó: Así es, estoy enamorado. ¿Y qué?

Dagas filosas traspasaron el corazón de Sofía. La desgarraron.

Sofía se acercó al hombre y le gritó: "Aquí delante de sus hijas, sólo le digo que Ud. es un hijueputa, un desgraciado. Yo no merecía esto, yo no merecía esto. Él, bajó la cabeza y dijo: Lo sé, Ud., no merecía esto. Perdóneme."

¿Perdonar qué? ¿Perdonar que ya se me fue la vida? ¿Ya para qué?

"Váyase, váyase….

Lárguese de mi vida para siempre. Lo odio, desgraciado. Maldita sea la hora en que lo conocí. Maldito. Ud. es un vómito. Lárguese para siempre."

Sofía, no conseguía quedarse quieta. Sus nervios la hacían mover de un lado para otro. No podía controlarse. Quería acabar con todo. Empezó a romper con rabia, con furia, cuanta foto encontraba. Gritaba, caía al piso, sollozaba. Ya en una disfonía rampante, con una voz que se le quedaba atrapada en la garganta gritaba una y otra vez: "Desgraciado, maldito, engendro del demonio, muérase. Lo odio".

Las niñas, lloraban, abrazaban a su madre. Por Dios, era una escena escalofriante, la más triste y desoladora de todas las escenas.

Una madre en el piso, ya sin fuerzas, un padre ausente, un hogar destruido. Señor…. ¿Dónde estás?

Muchas veces sintió que Dios la había abandonado, que sus súplicas no eran escuchadas, que nunca fueron escuchadas, al contrario, Sofía sentía que las penas ya sobrepasaban sus límites, era un dolor tan grande que ya no podía más. ¿Dónde estás Dios? ¿Dónde? Hace mucho tiempo que no apareces en mi vida. ¿Ya no soy tu hija bien amada? Soy tu niña pequeña, la consentida. Recuérdalo por favor. No siento tu mano poderosa para levantarme. Estoy vacía. No te encuentro. ¿Dónde estás? ¿Por qué tus ojos no me miran con bondad, con misericordia?

Por Dios Señor ya no me abandones. Que me rechacen todos, que me abandonen todos, pero tú, no. Por favor, tú no. Mi vida no tendría sentido sin ti.

Ahora debía levantarse. ¿Pero con qué fuerzas? Sus rodillas estaban dobladas, no tenía el control de su cerebro, solo divagaba. ¿Con qué alientos iniciará una nueva vida? ¿Es que puede haber otra vida? ¿Es que aún hay una oportunidad para mí? ¿Es que aún brillará el sol para mí? ¿Es que puedo y soy capaz de salir de esta encrucijada emocional que me doblega y me gana? Sofía lloraba aún tendida en el piso. Sola, fría.

Por un lado estaba la tristeza sin tregua por sentir que había sido traicionada totalmente y por otro sentía que había entregado toda una vida para nada. Al final todo había sido en vano.

Esa mujer era la solución. Sofía no lo entendía. Sofía la odió…que poco se amaba Sofía.

Sofía no recuerda con exactitud, cuántos días lloró sin parar. Fueron muchos. Perdió peso. La comida no tenía sabor. Su paisaje era completamente gris, plomizo. Sus ojos reflejaban sin tapujos la pena y la melancolía que arrastraba su alma. No lo podía evitar. Sus ojos la delataban. El sufrimiento era de una inmensidad incalculable.

Todo estaba fuera de control. ¿Y ahora qué? ¿Y ahora qué? ¿Y mis niñas?

¿Ahora qué queda impreso en el corazón de mi hija? ¿Cuál es el referente cuando decida tener un novio o un esposo? ¿Creerá que es normal y forma parte de la idiosincrasia de los hombres ser infieles? ¿Pensará que si su padre lo hizo con su mamá, también estará bien que se lo hagan a ella? ¿Pensará y aprobará que donde supuestamente hay amor también debe haber dolor?

Y mi niña chiquita, mi pequeña bebé, con sus ojitos perdidos en sus lágrimas, no decía nada. No entendía nada. Sólo miraba a su madre. La tristeza la envolvía.

Un día tendría que sentarse frente a sus hijas y decirles claramente que esos "Hasta siempre" causan escozor, urticaria, simplemente no existen. Ese te amaré para siempre, simplemente causa risa.

¿Será que la condición de libido baja, la recuperará con el olor de otra mujer? ¿Será que esa condición la conoce esa otra mujer? ¿Él, ahora sí buscará ayuda? ¿Continuará en las mismas? ¿Ella tendrá la misma suerte? Sofía nunca lo sabrá.

Esa madre nunca hizo un plan B. Siempre el plan A fue el importante.
Era tan grande e inconmensurable, el sentido de familia que poseía Sofía, que recurriendo a su sentido más grande y poderoso que era el hecho de ser madre, quiso hacer una última cena en su casa, en su comedor.

Echó mano de toda su fortaleza y preparó una deliciosa comida.

Convocó a sus hijas y a su ex marido a una cena.

Cuando estaban reunidos alrededor de la mesa, Sofía hizo una oración. Tratando de no llorar y de no entrecortar su voz, clamó al cielo por salud y bienestar.

Les pidió a sus comensales que esta última cena en familia se haría de manera tranquila y cortés para recordar por siempre a sus hijas que su mamá y su papá, las amarán por encima y sobre todas las cosas.

Sofía, sonreía, le costaba, pero lo hacía. Preguntó a sus hijas: "¿Qué es lo nunca olvidarán de esta familia que un día tuvieron? Ellas contestaron que las vacaciones cuando salían de la casa empijamadas y se subían al carro, casi dormidas; luego despertaban, jugaban durante el viaje, disfrutaban del paisaje hasta llegar al lugar escogido para disfrutar de un descanso. Recordaban las sensaciones sentidas en los aviones. Recordaban el mar y las comidas en la playa. Recordaban cómo su mamá y su papá les hacían cosquillas y morían de la risa. Recordaban tardes de películas en la cama de sus papás, comiendo helados y palomitas de maíz. Recordaban sus primeras caídas en bicicleta y en sus patines.

Pequeñas cosas que hacen y forman los lazos familiares.

Fue una noche tranquila. Llena de recuerdos y anécdotas.
Sofía, tuvo la sensación del deber cumplido. Sus hijas tenían claro que siempre serían amadas a pesar de la separación de sus padres. Para Sofía, eso era muy importante. Ella trató hasta el último momento de mantener unida a su familia, por encima del bien y del mal.

¿Y ahora qué? ¿Por qué Sofía no entendía de una vez por todas que lo mejor, que la perfección fue que apareciera la otra? El apego era brutal.

Debió bendecirla, debió desearle gran felicidad. Ella hizo el milagro, ella logró lo impensable.

"Las relaciones entre amantes son consideradas como impropias, porque se consideran una violación al contrato y principio de monogamia establecido en la pareja."

En ese momento de tanto odio, este y otro tipo de conceptos por el estilo golpeaban y taladraban el cerebro de Sofía, los tenía metidos hasta en sus médulas óseas.

Sofía debió haber quitado de una vez y para siempre el velo de la hipocresía y decir a ese hombre: "Vete con tu nuevo amor, disfrútala, ámala, quiérela. Conviértete en su cómplice, en su amigo, en su amante, en su todo. Hagan planes, sueñen juntos, hagan una vida deliciosa y placentera. Viajen, recorran el mundo entero. Hazlo ya, te mereces una buena vida. Te mereces el cambio, te mereces una mujer que te haga vibrar y soñar. Eres un buen hombre, un buen padre, un buen hijo, un buen amigo. Por el solo hecho de existir te mereces lo mejor y yo también"

Sofía debió haber dicho todo esto sin dolor, sin lágrimas, sintiéndolo de verdad.

Sofía debió entender que ese hombre le mostraba un nuevo camino, que a pesar de todo era generoso por entregar una nueva oportunidad. Sofía debió entender que esa pérdida debía festejarse de manera espléndida, llena de regocijo y de mucha alegría.

•   CAPÍTULO V

"¿EL SUELO O EL CIELO? "

Un día más en que vivir dolía….

¿Pero ahora como desvincularse del todo? ¿Y cómo hacer para no odiar?

En ese momento odiar resultaba muy fácil, amar muy difícil.

El deseo de lastimar, esa ira reprimida se convierte en rencor, en dolor, en furia no expresada y se instala, se ancla de una manera tal que no nos deja en paz. Odiar produce un gran gasto energético innecesario y deplorable a quien sostiene este sentimiento amargo que enferma el alma. Nos lleva directamente a un espacio repleto de negativismo y miseria humana. No cabía duda, en ese momento era visceral el rechazo de Sofía y sentía odio.

Sofía, tomó a sus hijas, eran su único tesoro, unas pocas maletas, voló, viajó.

Por fin el fin. No tenía nada.

Sofía estaba desecha. Su mirada, su cuerpo, todo reflejaba una tristeza enorme. Se evidenciaban claramente noches eternas de grandes desvelos.

Los ojos y las manos de Sofía recorrieron uno a uno los rincones, las paredes y cada cosa de esa casa que un día llamó hogar. Ahora ese hogar no tenía dueño. Sería abandonado.

Su casa era bonita. Puso amor en cada detalle, en cada utensilio comprado. Observaba la vajilla y el comedor y llegaban a su mente recuerdos de tantas cenas compartidas. Las habitaciones de las niñas llenas de colores y juguetes hacían deslizar por las mejillas de Sofía dolor y más dolor.

Pero debía salir corriendo. Debía dejar todo atrás. Así fue. Todo quedó atrás.

Antes de irse sólo atinó a decirle aquel hombre: "HASTA NUNCA".

Le dolió pronunciarlas.

Con esas palabras se cerró el ciclo. Se acabó la historia.

Era el momento de huir.

El viaje le pareció eterno.

La casa de sus padres la esperaba. La llegada a su antiguo y siempre hogar fue triste. Hubo silencio. Nadie lo podía creer.

¿La pareja perfecta se había esfumado? ¿Nunca hubo pareja? ¿Nunca fue perfecta? ¿Qué pasó?

Los padres, hermanos y parientes de Sofía, estaban estupefactos.

Eso debe ser solo una peleíta pasajera, un mal entendido, que con solo hablar pasará, con solo dialogar, pasará. Ustedes son el ejemplo de la pareja a seguir. Eso no puede ser.

¿Sofía, separada? ¿Sofía, divorciada? No. Imposible.

Sofía, continuaba con la mirada lánguida. Era observada. Daba pena verla.

El tiempo pasaba despacio, pero pasaba. ¿Y ahora qué? Se preguntó la chica.

La tristeza formaba parte del día a día de Sofía como un mal tatuaje, se hacía necesario tomar antiácidos, la boca del estómago parecía gritar que tenía una llama adentro convirtiendo esa sensibilidad en llanto constante, cualquier detalle detonaba en Sofía las lágrimas. No se podía contener, su caminar era lento y adoptaba posiciones de llevar un piano destemplado en su espalda, era una imagen impactante e invitaba a socorrerla. ¿Quién la ayudará?

Sofía debía entender que la tristeza debe saludarse, debe dársele la bienvenida, se debe dejar que haga su trabajo y luego dejarla partir agradeciéndole la labor realizada. Ella solita se irá. Por supuesto que la tristeza se convierte en amiga, pero no hay que darle mucha confianza, se puede quedar un tiempo pero advirtiéndole que no cause muchas molestias. A esa tristeza constante e incesante hay que dejarla en paz para que haga lo tenga que hacer. Sofía sintió esa tristeza como un sacudón necesario para poder seguir viviendo, es más, fue necesaria esa tristeza para convertirla en un refugio solitario donde encontrarse así misma, un refugio para mirarse con compasión.

Afortunadamente Sofía no llegó a la depresión, no llegó a esa oscuridad en el alma, no llegó asentir esas lágrimas de Dios, no llegó a ese desamor personal total donde ya nada importa, no había sentido de la autodestrucción, tenía momentos de aislamiento y de soledad pero recurría constantemente a los abrazos y mimos de su madre, se sentía muy conectada emocionalmente con ella. Poco a poco empezó a desempeñar labores cotidianas, labores que la hacían olvidar por momentos de su amiga la tristeza.

Pasaron meses, el cariño de sus padres, amigos y familiares, la rodearon, la acogieron. Con hijas y todo su dolor, Sofía empezó a levantar su cabeza.

Despacio muy despacio Sofía, elevó sus ojos al cielo. Se dio cuenta que aún soplaba el viento y refrescaba su cara, que aún los rayos del sol hacían de un amanecer el más hermoso de los momentos del día. Sofía volvió a observar con asombro y dicha que las mariposas tenían colores. Sofía volvió a mirarse en los ojos de sus hijas. Volvió a respirar. Poco a poco volvió a encontrar el dulce de las frutas.

Empezó para Sofía, un proceso de liberación, debía y tenía que salir del bloqueo emocional en el que un día se hundió. Debía quitarse de una vez por todas la venda, el antifaz. Debía enfrentar y encarar su realidad demostrándose a sí misma de qué estaba hecha. ¿Estaba hecha de humo, de cal, de arena, de acero, de hierro? Ni ella lo sabía.

Todavía vivir dolía…

¿Pero cómo salir de este umbral de dolor? ¿Cómo hacer un duelo de esta magnitud, cómo enterrar para siempre recuerdos, emociones, sentimientos, cómo liberarse del odio? ¿Cómo perdonar y liberarse de verdad y de una vez por todas?

¿Necesitaba ayuda profesional, necesitaba un guía espiritual, hasta de pronto era necesario un exorcismo, magia??? Nunca se sabe.

Sofía, en sus interminables noches de insomnio hizo una mirada a su interior, empezó a encontrarse, empezó a levantarse del piso, apoyándose en el mismo hombro de Dios.

Empezó a entender poco a poco que la única forma de salir de aquella encrucijada era a través de reinventarse. Tenía que empezar por perdonarse. Tenía que empezar ya. Debía entender que el odio no permite acercarse a la felicidad. Debía salvar su vida. Debía confiar en sus fuerzas.

Ella inició su propio perdón, ella se arrodilló diciendo:

Me perdono por no ser perfecta, me perdono por haber insistido, me perdono por sentir que me he humillado, me perdono por compararme y situarme constantemente en el pasado y en el futuro y no disfrutar del presente, me perdono por no hablar a tiempo, por callar, me perdono por no defenderme, me perdono por lo que supuestamente hice mal, era lo que sabía hacer, me perdono por haber dicho algo que no debí decir, me perdono por no haberme amado, me perdono por quedarme con el hombre que me hirió, me perdono por no buscar la felicidad, me perdono por no buscar la libertad, me perdono si alguna vez traté mal y ofendí, me perdono por haber causado heridas, me perdono por no sonreír, me perdono por no cuidar mi tiempo, mi cuerpo y mi mente, me perdono por no liberarme a tiempo, me perdono por sentir tanto miedo, me perdono por no confiar en mí, perdono a todos los que me critican con facilidad, me perdono por juzgarme con dureza, me perdono por no ser tierna y dulce conmigo, me perdono por criticar y juzgar al mundo y por no agradecer, me perdono por permitir la entrada de personas tóxicas a mi vida, me perdono por no aceptarme, me perdono por haber permitido golpes y heridas emocionales, me perdono por no haberme sentido sagrada, me perdono por verme y sentirme pobre, vieja y bruta, me perdono por no cerrar el libro con capítulos tristes, me perdono por seguir al pie de la letra dogmas y paradigmas impuestas por la sociedad y la iglesia, me perdono por no sentirme merecedora de felicidad, me perdono por sentirme sola cuando estoy conmigo, me perdono por no querer existir. Era un proceso lento, dolía. Pero Sofía ahora era una terca inteligente. Ahora quería vivir por ella y para ella. Empezó a entender que el autocontrol era una herramienta que la llevaría de la mano a un reencuentro personal y definitivo.

Sofía, ahora ya escuchaba con tranquilidad la música, la disfrutaba, empezó a bailar. Bailaba sola, pero bailaba, lo disfrutaba. Empezó por mirarse con generosidad. Es cierto que ya tenía más de 50 años, pero aún había cadencia en sus caderas al andar. Empezó a creer en ella, empezó a reclamar y a proclamar para ella felicidad, prosperidad, armonía y abundancia. Empezó a amarse incondicionalmente.

Empezó a entender que su felicidad no proviene de nadie, solo proviene de ella misma. La felicidad está dentro.

Al principio de ese duelo afectivo, el solo escuchar la voz de su ex marido, provocaba en ella la náusea. Era algo que no podía controlar.

Cuando Sofía se refería a su ex marido lo llamaba "La Cosa".

Eso le demostraba que aún el perdón no se había instaurado. Eso demostraba que aún, él tenía el poder. Eso no tenía por qué pasar. Debía aprender a superar el abandono, perdonando y perdonándose.

Sofía entendió que este proceso de desapego era lento. Debía soltar, confiar y avanzar.

Debía aprender a liberarse del pesimismo. Debía desaparecer de su vida la palabra castigo. Debía aprender a cuidarse, a curarse, a cicatrizar heridas. Debía ir por sus sueños. Debía aprender que su alma era sagrada y por lo tanto nadie la puede profanar. Debía volver a brillar. Debía aprender a mirarse con compasión, con ternura, con amor y aceptación. Debía aprender a reconocer las personas que atacan y hacen daño. Debía aprender a reconocerse como una mujer brillante, sensitiva, inteligente. Debía aprender a sentirse orgullosa por ser quien era.

Sabía que tenía que hacerlo y hacerlo sola, debía convertirse en una verdadera guerrera para superar ese vacío angustiante y desolador que deja esa persona que fue por mucho tiempo vital, debía desvincularse emocionalmente y de una manera rotunda de esa persona a quien llamó esposo por dos décadas. Sofía tenía que reinventarse tantas veces como fuera necesario, tenía que hacerlo cuantas veces se le diera la gana. Tenía que soltar ya, tenía que crecer para hacerse cargo de si misma y demostrar que tanto dolor no fue en vano, claro que debía hacer esto y mucho más, pero ¿cómo?

¿Qué hacer para sentirse bella y sexy? Wow, Sofía ya pensaba en la palabra sexy. Eso era un gran adelanto.

Empezó a tomar cartas en el asunto. Aún tenía un cuerpo con figura humana. El ejercicio era la respuesta a esto. Inició un plan de ejercicios, con rutina diaria. Su cuerpo se resentía, todo dolía, no le importaba, seguía adelante. Respiraba cansada, pero continuaba, sudaba, no le importaba.

La serotonina y la oxitocina se hicieron presentes. Estos neurotransmisores cumplieron su labor. Poco a poco, Sofía, empezó a mejorar su ánimo. Empezó a sonreír. Sus libras de más, desaparecieron. Su vientre se veía más plano, aún faltaba, pero era un gran inicio.

De la mano del ejercicio, la dieta era la gran aliada. Sofía, descubrió que era celiaca. Gran descubrimiento. Siempre sufrió grandes problemas con su colon. No sabía por qué. El hecho de entender ahora, que era alérgica al gluten, la hacía más responsable en su comida. Ya todo alimento que tuviera harina de trigo o cebada, era colocado a un lado.

La leche y sus derivados, también salieron del llavero.

El hecho de cambiar hábitos alimenticios y hacer ejercicio constantemente fue una gran bendición.

Ahora debía ir detrás de un sueño.

Ser Especialista. Sofía, adora estudiar, le gusta el ambiente universitario, disfruta de la aprehensión de conocimiento, disfruta de sus compañeros, disfruta de la rutina estudiantil.

No fue fácil, no tenía un empleo, no tenía dinero. Pero lo tenía claro. Debía ocupar su mente, su cerebro le exigía movimiento.

No sabía cómo, pero lo iba hacer. Investigó, buscó, indagó. Lo decidió. Seguiría adelante.

La bendición llegó. Sí pudo estudiar. El apoyo incondicional y económico de sus padres fue fundamental para iniciar este nuevo sueño.

Sofía, volvió al claustro educativo.

Fue una experiencia enriquecedora. Aprendió. Conoció muchas personas. Lo sufrió. Lo gozó. Lo logró.

Aún Sofía no sabe de dónde resultó tanto y todo el dinero. Cuando sentía que ya no podía seguir estudiando llegaban los ángeles protectores. Fue increíble. Fue divino.

Su sueño se cumplió. Se graduó. Fue un proceso de grandes aprendizajes a todo nivel.

Sus compañeros sin siquiera sospecharlo fueron tan definitivos, tan importantes. El sólo hecho de verlos ya hacían esbozar una sonrisa y mil carcajadas en la vida de Sofía. Son personas maravillosas.

Sofía conserva grandes amistades que encontró en esa Universidad. Aprendió a reconocer belleza y grandeza en cada uno de sus compañeros. No todos se convirtieron en sus amigos, pero todos en algún espacio le regalaron un buen momento. Son chicos increíbles.

Por supuesto, no lo habría logrado sin la ayuda que día a día le dieron sus padres. Fueron personas claves y definitivas en la consecución de este maravilloso sueño.

Sofía, concomitante con el estudio, recibía ayuda profesional para la realización del luto afectivo. Casi sin proponérselo y casi sin percibirlo, empezó a sentir gran paz en su corazón.

El hecho de escuchar la voz de su ex y no sentir náuseas, el hecho de ya no llamarlo "La Cosa" fue el gran indicativo de que todo estaba perdonado. Ya no dolía escucharlo. Claro que recordaba, pero sin dolor.

Ahora Sofía reconoce a "la otra" como una gran aliada, que se demoró en llegar, pero qué carajos…llegó. Ahora Sofía entiende que esa mujer es un ser humano que también debió pasar por incertidumbres, por dudas, por dolor. Pero que de una manera valiente continuó con su deseo de amar y ser amada. Ella es una mujer como cualquier otra que encuentra el amor y no lo quiere dejar escapar, que desea una vida al lado de alguien que la apoya, que la escucha, que la protege, que la hace sentir querida.

Ahora Sofía la bendice y le agradece profundamente su valentía.

Y aunque nunca lo sepa, Sofía le agradece a esa mujer, hacer feliz a ese hombre que compartió por dos décadas su vida. Les desea júbilo, bienestar y dicha.

Sofía ya no se sentía la víctima, se convirtió en la mejor de las guerreras que sigue en el campo de batalla, que tiene cicatrices, que sigue de pie sin procesos bélicos. Se levantó con esfuerzo de un duelo afectivo respondiendo ante este duelo, ante esta ruptura, con un crecimiento propio cambiando radicalmente la visión de sí misma, de los otros y del universo.

Empezó un autodescubrimiento intenso y hermoso. Se volvió acordar de su niña interior, esa niña que siempre ha tenido dentro y que ahora consiente y abraza continuamente. Empezó a sentir lo fuerte que es, aprendió después de esa recuperación lo que no quiere repetir en su vida, tiene claro los valores y principios que son innegociables y como buena guerrera sabrá cuando deponer las armas y decidir en qué momento vale la pena luchar o no por un nuevo amor, ya aprendió cuando debe retirarse a tiempo dignamente y de esta forma tener un sentimiento completamente liberador, aprendió que el desapego a tiempo es de sabios y evita muchos dolores, aprendió que no puede ni debe malgastar un gramo de energía en una relación donde no se sienta completamente amada.

Y fue pasando el tiempo, el que todo lo remedia, pero se le debe ayudar al tiempo. Se le debe dar una mano al tiempo, de esta manera el perdón va llegando con pasos firmes.

La piel de Sofía, floreció. Se veía tersa y lozana. La primavera aparecía en la vida de Sofía. Recurrió a todos los truquitos y conocimientos en Estética y Cosmetología facial que sabía. Empezó a volverlos propios.

Sofía, se sentía y se veía hermosa. Todo lo hacía por ella. Porque quería. Porque se le daba la gana. Simplemente porque sí. Se sentía tan libre. Tan fuerte, tan poderosa.

Sofía, ya no estaba en el suelo, ahora ya miraba al cielo.

- CAPITULO VI

"MI VERDAD, TU VERDAD, LA VERDAD"

Este capítulo ha sido dedicado a las opiniones de mujeres sobre dos temas tan humanos, tan complejos, tan presentes, tan actuales del hoy del mañana y del ayer. Temas como el matrimonio y el divorcio desencadenan mil y una sensaciones, mil y una reacciones y sentimientos en la mente, el cuerpo y el corazón de cada una de estas mujeres, que con mucha generosidad contestaron a dos preguntas formuladas para plasmarlas tal cual como ellas encaran y observan estos dos procesos: el matrimonio y el divorcio.

Sus respuestas fueron colocadas con total respeto y agradecimiento. Algunas quisieron que aparecieran sus nombres con apellidos, otras quisieron colocar un pseudónimo, las iniciales de sus nombres, su edad y otras simplemente dieron su opinión y nada más.

Es un verdadero honor contar con las respuestas de estas maravillosas mujeres que también han vivido sus propias situaciones, sus propias experiencias. Algunas son casadas, otras solteras, divorciadas con promedio de edades entre los 18 y 80 años. Cada palabra contestada fue plasmada con sumo cuidado, sin importar que estas contestaciones fueran de tres o mil palabras.

Toda opinión cuenta, toda opinión muestra una verdad. Una verdad construida a través de

los años, a través del tiempo, a través de lo
vivido, a través de lo observado.

Las preguntas formuladas fueron:

1. ¿Qué opinión tienes acerca del matrimonio?

2. ¿Qué opinión tienes acerca del divorcio?

Respuestas

MARIA JULIANA MORA. Edad: 18 años

1. En mi opinión este es simplemente
   una ceremonia que muchas parejas
   deciden hacer para formalizar más su
   relación. No me parece algo
   necesario, ni sagrado. Para mí este

acto viene de una creencia religiosa, tampoco creo en la unión y el hecho de ofrecer esto a Dios. Que dos personas crucen caminos y los compartan para la corta experiencia de la vida humana, es decisión de cada uno, ya que es nuestro día a día, es nuestro tiempo y nuestra esencia la que compartimos y me parece un poco triste que la humanidad le haya dado a este acto un significado de más posesividad y egocentrismo hacia la pareja misma, que un significado de amor y pureza.

2. El divorcio es una relación terminada, no le veo más gravedad en ningún sentido, ya que el que le da peso y significado es la persona en sí. Pero si esto se presenta es porque sencillamente la vida te está

ofreciendo la oportunidad de disfrutar y vivir más plenamente tu libertad, tal vez no tengas que estar atado a alguien, tal vez no naciste para eso, tal vez te espera algo más grande, ¿Por qué no? La vida no se trata sobre estar con alguien, sino sobre ser feliz. Esta situación es tan cotidiana que no sorprende a nadie y el hecho de que esta sociedad esté tan cegada de estereotipos y de un proceso constante de deseo, dolor y aburrimiento es el iceberg de que el "amor" en realidad nunca sea "amor".

MARIA CLAUDIA HERNANDEZ REYES. Edad: 50 años

1. *Es cuando dos personas se unen para formar un hogar, donde hay muchas cosas en común; hay gustos, momentos especiales, entendimiento mutuo, respeto, confianza, sueños y aspiraciones para progresar en la relación, en lo material. Vivir la relación en todas las circunstancias en cuanto al sexo, el amor, complicidad y detalles que siempre van a tener a la persona en tu vida y en tu presente, siempre de la mano de Dios. Donde hay tristezas y alegrías y el fruto son los hijos.*

2. *Es una opción que se presenta cuando en el matrimonio ya no hay felicidad y se corta por lo sano para las dos personas.*

MILENA TRUJILLO

1. *Es un mandamiento que nos dejó Dios el cual debe respetarse y cumplirse, pero desafortunadamente ni lo respetamos ni lo cumplimos. Yo creo que hoy en día existimos muchas personas que quisiéramos dar ese paso en nuestras vidas, pero nos atemoriza enfrentar ese paso.*

2. *Con respecto al divorcio pienso que es muy común y muy doloroso, es algo que no se debería hacer. ¡Pero así es la vida!*

OFITA

1. *El matrimonio es un paso en la vida en el que se comparten experiencias positivas y negativas*

con la que persona que se ama, dando como fruto los hijos que son una bendición para el resto de la vida.

2. El divorcio es una solución cuando ya no hay una sana convivencia, con esto se evita que los hijos crezcan en un ambiente poco sano para ellos.

ʒ

ANA MARIA DEL PILAR FLOREZ POLO

1. La sociedad nos decreta el matrimonio como un contexto con deberes y derechos equitativos para cada quien, pero con el transcurrir del tiempo vemos que no es así. A pesar que es muy importante la sensación de estar acompañada y de ser ayudada por

otro. El matrimonio es una evolución constante que en el mejor de los casos se comporta como una letra U, va hacia abajo, luego tiene una tendencia a estabilizarse y finalmente va hacia arriba mejorando en todos sus aspectos. Si volviera a estar soltera, volvería a casarme. No sé si con la misma persona, pero en definitiva no sirvo para vivir sola.

2. *El divorcio es para mí, la disolución de una sociedad que se constituyó un tiempo atrás, y así las cosas me parece una pereza, sin dejar de considerar los sentimientos que aún existan de por medio. La sensación de desistimiento no me gusta ni un poquito y por supuesto el abandono que seguramente se siente en el ambiente que se deja debe ser muy*

desagradable. Todo lo anterior colocado en una balanza que representa la liberación que se consigue puede resultar justificable y por qué no, desdibujar lo que no resulta tan chévere cuando se recurre al divorcio. En todo caso las puertas deben dejarse abiertas por que en cualquier momento y con circunstancias bien particulares pueden volver o por lo menos intentar el regreso, la reconciliación y una nueva oportunidad para la recomposición de la sociedad que un día se constituyó. En términos generales muy difícilmente yo recurriría a un divorcio porque me parece que son más las cosas desagradables que las agradables. Sin embargo, tengo la mente abierta porque, tengo la claridad que no hay nada escrito y he visto a lo largo de la vida que se desbaratan matrimonios que llevan muchísimos años de existir.

ROSA NIVIDE RAMIREZ. *Edad: 54 años*

1. El matrimonio es la unión de dos personas con un vínculo conyugal para formar una familia.

2. El divorcio es la finalización legal del matrimonio, solicitado por una de las partes o de común acuerdo.

❧

MARTHALU

1. Para mí el matrimonio es el sacramento que se celebra cuando dos personas que se aman, deciden

compartir el resto de sus vidas ya sea a través de las alegrías, tristezas, éxitos y fracasos.

2. El divorcio es una decisión sana que se toma cuando en el matrimonio no se llenan las expectativas con las que se llega.

ADC

1. *El matrimonio es un compromiso establecido por una pareja ante Dios y la sociedad, pero ante todo se realiza para conformar un hogar con respeto y amor. Se debe brindar un buen ejemplo a los hijos partiendo de la honestidad y la comunicación. Desafortunadamente en este mundo que vivimos se han perdido muchos valores como la falta de respeto de hijos hacia padres. La comunicación entre las familias ya no existe por falta de amor a Dios.*

2. *Considero que cuando se pierde el amor se acaba todo y lo mejor es tomar la decisión acertada: divorciarse*

ANÓNIMO

1. En el matrimonio se unen dos culturas diferentes que conviven, que deben vivir juntos soportándose muchas cosas con paciencia y amabilidad haciendo esto por los hijos, porque los hijos son primero. Son el amor de nuestras vidas. Debe existir respeto entre los padres y respeto entre los hijos.

2. El divorcio es muy doloroso, no quisiera pasar por eso nunca en la

vida, pero en ese momento uno realmente empieza a ser feliz porque ya no es necesario soportar a una persona que le falta al respeto.

CLAU

1. *El matrimonio debería ser un proceso de crecimiento y apoyo mutuo, donde cada uno pueda desarrollarse como individuo y a su vez tener esa compañía que le proporcione soporte. Es entenderse en sus diferencias y encontrarse en sus semejanzas sin dejar de ser quien se es.*

2. *Tenemos el derecho de cerrar una relación cuando ya se agoten los recursos de entendimiento. Debería ser un proceso de agradecimiento y más amoroso que el matrimonio, no una batalla por cualquier razón.*

1. *Para mí el matrimonio ha sido lo mejor que he vivido. He estado casada por 33 años y de novia 8, por lo cual he vivido más con mi esposo que en mi casa. Sé que cada uno habla como le va, pero con altos y bajos, puedo decir que una persona que ha estado a mi lado, apoyándome, vivido, respondiendo y creciendo conmigo, no lo cambio por nada. Lo más importante es nuestra actitud y visión ante cada momento vivido.*

2. *El divorcio es una de las situaciones más dolorosas y con más daños*

colaterales que se puedan ver; pero sé que es necesaria en algunos casos. Espero no contemplar esa opción en mi vida.

SEDC

1. El matrimonio para mi es el estado ideal para vivir en pareja, proyectar la vida y desarrollar los sueños de familia.

Como base ideal para crecer en familia, debe cumplir con fundamentos reales sobre los cuales se construya la relación de pareja. El matrimonio es el medio para que dos personas se pongan de ACUERDO para generarse mutuamente bienestar, posibilidad, compañía, apoyo, provisión, cuidado y soporte. Desde este punto de vista, se debe tener claro en lo individual qué se espera del otro, capacidad para conocerlo sin maquillar la realidad, sino en la claridad de ver las *virtudes y defectos que tiene cada uno. El matrimonio es un camino que se debe recorrer entre dos, para los dos y con participación de los dos. Se deben cumplir roles de compromiso y responsabilidad claros y mutuos.*

En esta relación no debe faltar como hierro de construcción valores mutuos, con prioridades coincidentes para poder construir el propósito de vivir juntos, debemos tener claro, el para qué nos unimos, el concepto unificado de familia, el de pareja, de compromiso y del roll que se debe cumplir para mantener el equilibrio.

Suena romántica la opinión acerca del matrimonio, pero para mí, si la pareja no se parece entre sí en sus propósitos, necesidades, sueños y valores es imposible construir familia. Los dos deben cumplir sus expectativas, sus sueños y suplir necesidades; para esto cada uno debe conocerse, valorarse, amarse y tener claro que la vida no depende del otro, pero sin el otro, no es fácil desarrollar la vida cuando se está en pareja.

Así debemos aprender primero, que el convivir no debe significar sacrificio, que no es fácil transitar porque el tamaño de los pasos no siempre es el mismo, pero que la tierra para cultivar la vida somos nosotros mismos y tenemos la obligación cada uno de saber, qué necesito y qué necesita el otro para ser productivo. El amarse en pareja es responsabilidad de los dos, los dos deben ser prioridad para el otro. ¡Es una corresponsabilidad!

No nos enseñan a ponernos de acuerdo y salimos a "conseguir" pareja esperando que el otro construya mi vida, mi felicidad. Fatal nuestro punto de partida, primero debemos conocernos a nosotros mismos; un ejemplo, cuando vamos a comprar zapatos, sabemos el número, características de uso, etc, etc. Acá salimos a conformar familia y ni siquiera sabemos cuál es el concepto de familia que tiene nuestra pareja.

Organizar matrimonio debería partir de la respuesta individual y mutua de preguntas como: ¿Para qué me quiero casar? ¿Por qué lo quiero hacer con esta persona? ¿Qué espero de mi unión con esta persona para mí, en lo personal, en pareja, en lo familiar?

Creo que como mínimo compromiso con uno mismo se debe partir de la claridad y sincronía de la respuesta a estos interrogantes; presentamos pruebas para obtener pasaportes en nuestra formación académica, en el ejercicio laboral (competencias) pero en lo familiar saltamos al vacío sin tener formación, propósitos mutuos, defectos claros, capacidad para enfrentar los retos, solo estamos ahí, porque si y para todos menos para los dos.

2. *El divorcio es un acto de amor para uno mismo cuando nos hemos equivocado en el propósito de construir familia.*

Para llegar al divorcio, normalmente se atraviesa un camino de incertidumbre que duele y genera frustración, sentimientos de abandono, de desprecio, de no valer.

Lamentablemente, el alto porcentaje de separaciones se dan porque no se asumió el compromiso y la responsabilidad de construir la vida. La unión se dio, sin tener puntos de encuentro y el mismo sol no alumbró. Se toman decisiones motivadas por emociones y no nos damos cuenta que tan diferentes somos y la imposibilidad de unificar las razones por las que estamos en este tránsito terrenal.

El divorcio no tiene nada que ver con nuestro valor individual como personas, el divorcio es el punto final de una unión que no fue consolidada, porque no tuvo similitud en la cohesión y cada uno es una pieza que no corresponde a esa estructura que se llama FAMILIA.

MARGY

1. Para mí el matrimonio es una alianza que se hace entre un hombre y una mujer consagrados a Dios, la cual fue establecida para buscar la santidad de los cónyuges.

2. Para mí que soy cristiana, no existe el divorcio (puede haber anulación si fuera el caso) debemos tener conciencia, que cuando dimos ese si en el altar fue para siempre, cabe aclarar que hay circunstancias, en que la convivencia es imposible, en tal caso, estamos llamados a vivir en castidad porque si así no lo hiciéramos, estaríamos en pecado mortal.

YENNY

1. El matrimonio es el símbolo de la unión, de dos seres que se aman. Es una sociedad en donde cada uno aporta tanto económicamente, como emocional y espiritualmente.

Esta sociedad está basada en el respeto, en la unión, en el diálogo y se construye basados en el amor. Desafortunadamente estos principios no siempre están presentes llegando a convertirse en una verdadera tortura soportando al otro y en una rutina diaria. Por eso es importante tratar de mantener la pasión. Además, lograr una visión de los dos para realizar los sueños.

2. *El divorcio es la separación de dos personas que se quieren dar una segunda oportunidad de vida con más libertad. La persona empieza a descubrirse de nuevo en medio de la soledad. Es entender que nunca se está solo. Siempre la mejor compañía es uno mismo. El divorcio es un momento para vivir nuevas experiencias entendiendo que somos capaces de salir del dolor y darnos cuenta que somos autosuficientes y no necesitamos de nadie para continuar por el camino de la vida.*

1. El matrimonio es la unión de dos culturas que decidieron convivir, deben vivir juntos soportándose muchas cosas con paciencia y amabilidad sobre todo por los hijos, porque los hijos son primero, es el amor de nuestras vidas. Debe existir respeto entre la pareja y entre los padres y los hijos.

2. El divorcio es muy doloroso, y no quisiera tenerlo en la vida, pero es cuando uno realmente empieza a ser feliz, porque es imposible

soporter a una persona que le falte al respeto.

CAC

1. *El matrimonio es una vocación como todo en la vida. Uno debe prepararse para ese momento, porque no es algo que se deba tomar a la ligera, si me va mal me separo. No. No debe ser así. Se debe tomar en serio porque es la realización personal y es lo que Dios nos ha llamado a ser en nuestra vida, entonces pienso que cuando se es joven, se es muy inmaduro y deberíamos tener más preparación para ese momento y no es nada fácil, la vida no es fácil para nadie, tiene sus altos y sus bajos. El matrimonio no es de uno sino de dos, en donde no solo uno tiene que poner, sino que el otro también tiene que poner. El tener hijos es para los dos, y si los dos*

forman un equipo eso los hace más fuertes para afrontar cualquier situación que estén pasando. Es respetarse cada uno, hacer feliz al otro, pero sin sacrificarme por la felicidad de la otra persona. Uno debe preguntarse cómo puede hacer feliz a esa persona para construir una bonita relación, un proyecto juntos. Se deben preguntar que quieren hacer con su vida, con su relación, cómo van a educar los hijos. No todo el mundo lo hace. Yo por ejemplo no lo hice. Se deben tener muy claras las prioridades cuando se forma un hogar. La parte espiritual es muy importante para mí, porque pienso que Dios nos da esa sabiduría para caminar juntos. Cuando ambos no tienen las mismas prioridades, ahí viene el problema. El matrimonio es muy lindo y admiro la relación de mis papás. Mi padre acaba de morir, pero alcanzaron a cumplir 63 años de casados con mi madre. Hasta el final se demostraron su amor diciéndose "te amo", se cogían de la mano, se seguían preocupando el uno por el otro. Han sido un gran ejemplo para nosotros. Todos los que deseamos vivir en pareja deberíamos aspirar a eso y lograr llegar al final juntos a pesar de las dificultades. Pienso que cuando se empieza una vida juntos, y se hacen capitulaciones es ya fracasar antes de haber empezado, porque está poniendo lo económico por encima del amor.

2. El divorcio es muy triste, se convierten en enemigos. Los que más sufren son los hijos porque escuchan, ven y sienten la ira de sus padres, el desprecio que siente el uno por el otro. La parte económica, desafortunadamente, juega un papel muy importante en esta sociedad machista. El no piensa en sus hijos, ni en ella, solo piensa en su interés personal. Muchas veces los hijos pagan por todos los errores de los padres. Se debe evitar a toda costa el divorcio, es una pesadilla y no debería

ocurrir. Los que nos hemos separado y que tenemos nuestros hijos grandes, sabemos los traumas que genera en ellos y se convierte en una cadena que no para.

Solo teniendo familias felices, unidas, donde haya respeto y donde haya amor, se tendrán hijos felices.

SOSISORAMOS

1. *El matrimonio es un contrato entre dos personas, ya sea del mismo o diferente sexo. Es un estado de felicidad donde se comparte con el otro, se restringen las libertades, todo se da sobre la base del respeto entre las dos personas. Elijo el*

matrimonio, no sé si es por mis creencias, por mi crianza o porque de verdad creo en la vida en común, así se haya realizado un contrato o no.

2. El divorcio también es un contrato. He pasado por ambas situaciones. El divorcio es un estado de libertad que va ligado a la soledad, porque uno elige romper ese contrato, elige su nuevo estado de libertad acompañado de soledad.

YZ

1. *Pensar en el matrimonio es reflexionar sobre lo que significa amar, entregar, estar, compartir, soñar, luchar, crear, facilitar,*

apoyar, impulsar, acompañar, escuchar, pero también cambiar, ceder, renunciar, esperar, aceptar, evitar, perdonar y todo ello vivirlo con la persona con la que decidiste pasar una vida entera.

2. *Pensar en el divorcio es sentir que necesitas entender, despertar, perder, llorar, decidir, reparar, arreglar, continuar, recomenzar, retomar, ordenar, organizar, crecer y volver a vivir.*

SILVIA VICTORIA GONZALEZ ANZOLA

1. Para mí el matrimonio es un estado ideal de vida si hay equilibrio de los deberes y

derechos de los dos sexos. Esa unión bien llevada es cuando se ve la vida completa y se duerme en paz y armonía. Si se logra ese equilibrio, amor y armonía, creatividad, es cuando uno dice que para toda la vida es una realidad.

Qué pesar que como seres humanos nos cansamos de esa armonía y caemos en monotonía y desgaste. Pero si no nos dejamos llevar, el matrimonio es el mejor estado de vida.

2. *La separación es como una caída al vacío. No es liberación, eso es un decir. Es ver que un proyecto se derrumba, es como cuando una persona queda en el mar sin*

ver la orilla. Es cuando se siente que no se tiene estado civil. Mientras el cerebro acepta la derrota.

PATY

1. *El matrimonio es la decisión mutua de cimentar las bases para construir sueños a base de confianza, respeto, cariño, de decidir amarse y ser compañeros de vida en situaciones de sol y de lluvia para poder superar adversidades.*

2. *El divorcio es la decisión de un miembro de la pareja que no se siente realizado y que no quiere seguir batallando para lograr superar las adversidades; en la mayoría de los casos uno gana y el otro pierde, pero sobre todo muy seguramente alguno de los dos nunca ha sabido qué es amor propio, por eso no tiene bases para*

seguir luchando y equilibrando a su complemento.

STELLA SALAS. Edad: 45 años

1. El matrimonio es una decisión en donde cada uno decide amar a la otra persona que trae su cultura, sus costumbres, con sus hábitos, con sus defectos. Cuando realmente decimos que amamos, lo primero que debemos amar son sus defectos y tomar un mismo camino juntos para crecer e ir fortaleciendo cada día el uno al otro.

2. El divorcio ocurre cuando por cualquier razón una de las personas deja de amar a la otra, o tiene un motivo diferente que es importante para ella o para él y no desea continuar con ese vínculo. A veces creemos que conocemos a nuestra pareja, pero en estas condiciones es un completo desconocido.

YMB

1. El matrimonio desde mi perspectiva es un estado emocional; te casas con alguien porque te gustó físicamente, te trató bonito, te hace el amor fenomenal y pufff te enamoras. Ahí llegas y dices este es el hombre de mi vida y como piensas que todo eso lindo que sentiste no se va a terminar, decides casarte. Por eso digo que es un estado emocional. Sentiste gusto, placer, furor y te sientes enamorada y dichosa.

2. *El divorcio es un nuevo inicio, es una segunda oportunidad que debemos darnos todos cuando las cosas no funcionan, cuando el amor se termina, cuando la rutina llega. Cuando ves que todo lo que sentiste no era para siempre y aguantas y aguantas hasta que un día dices…yo merezco más que estar rogando o mendigando amor. Cuando te ves a un espejo y aún te ves bella y te dices…merezco ser feliz…tomas la decisión que crees que va a salvar tu vida y es cuando llega la separación y empiezas de nuevo.*

PANCHA

1. El matrimonio es una construcción de proyectos y de metas teniendo en cuenta valores y principios en común.

Al igual que el amor, se construye con mucho esfuerzo y compromiso siempre y cuando los dos tengan un objetivo mutuo.

2.   El divorcio es la culminación de la vida en pareja y se da cuando uno de los dos ya no está dispuesto a continuar buscando lo que inicialmente se prometieron y se juraron ante los ojos de Dios. Creo que es una decisión sana cuando ya no existe la felicidad. Pienso que así los demás no vean con buenos ojos esta decisión, no debe importar el qué dirán ni la familia, ni la sociedad.

Tanto el matrimonio como el divorcio son decisiones muy personales donde solo debe primar la felicidad personal.

NINEORTIZ

1. Lo que para algunos puede tener un significado religioso, yo creo que más allá de religiones o actos civiles, el matrimonio es una decisión responsable de dos personas que se aman y quieren estar juntas, andan un mismo camino, comprendiendo que son el complemento que le suma a la vida del otro y que te hace querer ser mejor persona en las buenas y en las malas, un apoyo constante y confiable. No por obligación si no por convicción.

2. El divorcio es una decisión madura entre dos personas que alguna vez se amaron o al menos se apreciaron con respeto, pero han entendido y sobre todo comprendido que por amor propio lo mejor es seguir adelante cada quien por

caminos diferentes *porque LA VIDA CONTINÚA.*

FEC

1.	El matrimonio es una ilusión que se toma con responsabilidad, que se va formando desde la niñez a través de la educación que se recibe, de la religión que se profesa y de los ejemplos que se ven.

Es una forma de hacer familia en un hogar con la bendición de Dios, porque está focalizado más a la religión que a lo civil.

2.   El divorcio es una frustración de esa responsabilidad que se adquiere, porque se da todo y se aspira a un ideal de compartir hasta los últimos días con ese ser amado. Pienso que radica en la educación que se recibe porque se enfoca en que uno de los cónyuges es más importante que el otro, y así no debe ser, porque lo único que se encuentra es frustración. Para no fracasar, se debe enfocar la educación en el amor propio y no en los demás.

DIANA CASTRO

1. El matrimonio es un vínculo que requiere tener bases, metas y objetivos claros en pareja. Se debe tener mucha madurez, sinceridad, respeto, cariño y valor para

poder sostener y continuar juntos aun cuando lleguen los problemas y situaciones que impliquen una separación. Debe haber comunicación y entrega por completo a la pareja para alimentar ese amor y vivir siempre como el primer día. No permitir que se acabe esa ilusión con la que un día se decide dar el SI frente al altar, prometiendo estar juntos hasta que la muerte los separe con la bendición de Dios.

2. *El divorcio es una oportunidad para soltar a quien ya no te ama. Porque sin esperarlo un día, de repente todo cambia sin darnos cuenta en el momento exacto en que el amor se acaba, entonces empieza una pesadilla y una culpa diciéndose "fracasé en mi matrimonio" pero en realidad no es cierto, porque el fracaso llega cuando permitimos jugar a ser una "familia de apariencias", fracasamos cuando se engaña a la pareja, a nuestros hijos e incluso nos engañamos a nosotros*

mismos pensando en continuar y aguantar por conveniencia, ahí en ese momento se empieza a vivir un infierno y nos aferramos a una persona que ya no nos ama, por miedo a la soledad al punto de dejarnos humillar, cuando en realidad venimos a la vida a ser felices solos o acompañados. Es ahí cuando entendemos y aprendemos que debemos seguir el camino sin las personas que nos hacen daño. El divorcio es una decisión que muchos valientes toman para poner fin a una relación que un día empezó como algo hermoso y termina en situaciones muchas veces imposibles de creer.

TERE

1.	*El matrimonio es un cambio de vida, una alianza entre Dios y el hombre y a la vez un empoderamiento del uno hacia el otro, abiertos a la vida y para la vida. Ante todo, es una vocación llena de expectativas e ilusiones y se hace necesario tener a Jesucristo en nuestros corazones para poder formar un buen proyecto de vida.*

2.	*El divorcio ocurre cuando en el matrimonio no se tiene muy claro el compromiso adquirido y alguno de los dos cónyuges falló destruyendo la alianza.*

1.   A mis 23 años he recorrido un camino personal y académico que me ha permitido repensar en muchas de las imposiciones que la sociedad muestra e imparte a las mujeres por la simple condición de ser mujer; en este proceso de deconstrucción he podido llegar a cuestionarme en bastantes aspectos y uno de ellos es la idea del matrimonio. Desde pequeña se nos enseña a desear ser deseadas, a idealizar un príncipe azul, a idealizar ser cuidadoras, a idealizar tener una familia y que tu vida gire en torno a todo esto; en mi experiencia personal, pasaba horas idealizando estos escenarios de vida, observaba con admiración a esas mujeres que invertían su tiempo, su dinero y su juventud para entregarse a alguien más con promesas de seguridad financiera, compañía, apoyo, respeto y un supuesto amor eterno. Lo anterior no puede estar más alejado de la cotidianidad, creo que la noción del matrimonio tradicional no es apto para la mujer contemporánea del siglo XXI, ya que llega a limitar sus libertades físicas, emocionales y financieras donde priman las relaciones de dependencia patriarcales y las mujeres terminan siendo sometidas a perder sus particularidades para convertirse en una extensión de su esposo y muchas veces solo ser vistas como máquinas de parir y de servicio. Esa idea del matrimonio tradicional va en contra de todos estos procesos de deconstrucción ya que históricamente se ha configurado en una forma más de mercantilizar a las mujeres y seguir imposiciones de clase, donde priman los estándares de estética patriarcal. El amor no solo puede manifestarse ante uniones religiosas o legales, ya que percibo innecesario que instituciones tan corruptas puedan validar la forma en que puedo amar, el amor debe romper todos los estándares preestablecidos que nos oprimen, permitiendo que compartamos una vida con quien amemos, sin importar el género o la clase sin perder nuestra propia individualidad y sin importar que la sociedad lo valide a través de una institución.

2.   El divorcio es un mecanismo legal que facilita la terminación de un contrato y que visto desde un lado más emocional, permite que las personas usen ese instrumento para desligarse afectivamente de esa persona, pero al fin y al cabo es solo un mecanismo legal, ya que para que realmente sacar a alguien de la vida y del corazón hay que pasar por un proceso que es diferente para cada persona y no se puede llegar a estandarizar.

ANÓNIMO

1.   El matrimonio lo veo como el rito y como la experiencia.

Con el tema del rito no tengo una muy buena sensación ya que en el caso de las mujeres desde niñas nos imponen y condicionan para que esto suceda, que tiene que ser con un hombre, no cualquier hombre, que tiene que durar para siempre cueste lo que cueste y tiene que ser a cierta edad o sino fracasaste, porque no tuviste un hombre al lado, por supuesto hay que tener hijos porque si no eres suficiente mujer, que siempre se debe mostrar feliz ante los demás por el qué dirán. Esos fueron los mensajes que recibimos desde niñas sobre este tema y venían de nuestra familia, amigos, medios de comunicación, etc.

Sin embargo, creo que las cosas han cambiado un poco con respecto a la libertad de las mujeres y me parece muy bien porque me parece una decisión muy importante que debe ser tomada en completa libertad.

Sobre la experiencia del matrimonio creo que es algo bastante difícil pero muy bonito también. Requiere mucho, mucho amor, sostener y decidir más allá de los buenos momentos del principio, cuando recién se empieza y donde todo es maravilloso, continuar ahí a pesar que ya no se puede sentir más. Requiere mucho compromiso, trabajo y amor construir algo sano, pero definitivamente vale la pena cuando lo logras.

2.	El divorcio creo que es una experiencia por la que nadie quiere pasar, pero que en algún momento se tiene que vivir. Es algo supremamente doloroso y saca lo peor y lo mejor de ti y como es algo que si o si necesita tiempo para sanar genera una sensación de impaciencia y desesperación que a veces hace que cometas más errores de los que te llevaron a ese punto. Es como entrar en una guerra en la que vas a enfrentar todo lo que hiciste, lo que viene, reparar las cosas, repararte a ti y no tener la certeza de cuánto va a durar.

Pero sin lugar a dudas, es una de las grandes experiencias de crecimiento por las que se puede atravesar. Tampoco nadie, se prepara para esto porque a veces tenemos el mensaje equivocado que las relaciones duran para siempre, entonces llegar a un divorcio es aún más duro.

GGD

Desde una mirada idealizada y quizás sabia.

1. El matrimonio es uno de los tantos símbolos que puede escoger una pareja de enamorados para decirse a sí mismos y a quienes los rodean, que ha decidido acompañarse para compartir sus experiencias y procesos de crecimiento como seres humanos en búsqueda de la plenitud.

El matrimonio (o cualquier simbología que se escoja para comprometerse mutuamente a vivir juntos sus existencias) y la conciencia de mortalidad, son dos grandes oportunidades que permiten al ser humano amar sin condición y a razonar con sabiduría; son buenos caminos para alcanzar un nivel alto de evolución.

El amor incondicional y el sabio razonamiento permiten a la pareja sobrepasar el instinto (alimento del ego) y la cultura para no separarse (divorciarse). El instinto, siendo natural e irracional puede presentar desenfreno, llevar a infidelidad, la mentira, la traición; y la cultura con sus costumbres sesgadas, ideologías…puede presionar y estimular para que se presenten comportamientos desequilibrantes que pongan en riesgo la unión.

La incondicionalidad divina del amor en armonía con la agudeza del pensamiento, consolida esa unión a lo largo de los años; hacen que dos almas acepten con gracia los cambios que el tiempo talla en sus cuerpos, cultivan la espera mientras los arrebatos emocionales y las acciones erráticas —a veces de ella, otras de él en la juventud logren el equilibrio...detienen la palabra enardecida, para dar paso al acuerdo y después de mucho tiempo los lleva a construir un "plano mágico" en el que las palabras no son necesarias para comunicarse y vibran con la vida... con todo lo que existe...¿Y los propósitos? Siguen fluyendo cada vez más lúcidos, sin prisa...más plenos.

Si los miembros de la pareja tienen plena conciencia de su mortalidad, les será más fácil la mutua valoración del tiempo compartido en este plano terrenal. Como pareja no permiten que el ego reine en ellos cuando se presentan las desavenencias; es decir, buscan comprender, perdonar, solucionar pronto...Desarrollan *altos niveles de tolerancia y no juegan a ser jueces el uno del otro.*

2. *El divorcio o separación es el desmoronamiento doloroso de un proyecto de amor construido por dos seres humanos que querían plenitud y fallaron. Involucra un duelo doloroso para la pareja y los hijos (si los hay) porque desaparece la presencia de uno en el grupo y por lo tanto queda vacío el espacio que siempre ocupó, el contexto cambia y debe hacerse un proceso de adaptación a unas nuevas dinámicas sin esa persona. Igualmente, quien parte, también debe reiniciar.*

Separarse es una decisión difícil, más que la de unirse; la unión simbólica se decide producto de emociones y sentimientos vivificantes como el amor, mientras que la separación se decide en medio de la desilusión, la tristeza, el temor, a veces la ira. Generalmente, se termina el compromiso mutuo por egos irracionales o por presiones culturales sesgadas o por patrones de comportamiento dañinos que no pudieron superarse. Sucede que a veces bajo el impulso emocional del enamoramiento y la ensoñación, no se prevé que el proyecto además del amor, la prolongación a través de los hijos, el progreso, la evolución; también alberga los cambios vitales, presiones, cotidianidad, equivocaciones, desilusiones, nuevos aprendizajes, capacidad de perdón, estimación y sobre todo…fragilidad humana.

Desde una mirada descarnada

1.   ¿El matrimonio?... es algo cultural, una estrategia social para legalizar las relaciones de pareja y dejar tranquila a la familia sobre todo de la novia. Desde niños nos inculcaron (soy de la generación de los 60's) que uno de los fines últimos del crecer era comprometernos en matrimonio para poder prolongarnos a través de los hijos a quienes además debemos transmitirles la misma idea,

que, de no hacerlo, la prole estaría desprotegida sacramental y económicamente. Y se le agrega el deber de traer a este mundo hijos (en plural) … ¡Nada más falso! He visto que decidió unirse sin ningún sacramento social y se han envejecido juntos; al igual casados que no aguantaron los cambios y presiones del primer hijo, abdicaron.

Escribiendo esta reflexión, me surge un interrogante ¿Y si no estuviéramos casados -mi esposo y yo- aún estaríamos juntos? Debo admitir que ayudó mucho en nuestra juventud, el respeto al sacramento, la fe, la capacidad de compromiso de ambos, el estar enseñados al esfuerzo; quizás el matrimonio termina siendo una "dulce cadena" a la hora de las desavenencias. He de admitir que también superar tanto obstáculo - porque somos bien diferentes en gustos y temperamentos, mi esposo y yo- la responsabilidad está muy arraigada en los dos; juntos desarrollamos el don de esperarnos y de callar cuando ha sido necesario (él o yo) ...y no tenemos la costumbre de amenazarnos en las formas que existen. Creo que mis hijas tienen razón cuando dicen que de verdad hay amor entre nosotros porque hemos superado tanta diferencia y siempre queremos estar juntos. Sin embargo, creo seriamente que esa palabra "ceder" en una palabra, se inclina hacia mí...

A los de mi generación, se nos formó tan estrictamente que ya a los 17 0 18 años éramos capaces de llevar un hogar, y no hablo solo de las mujeres; tuvimos prisa de salir de casa porque ya teníamos varias responsabilidades, era difícil iniciar nuestra sexualidad con tanta vigilancia y la mayoría optamos por casarnos enamorados sí, pero pues...el matrimonio, era la licencia para poder hacer el amor sin miedo ni culpa y que nos juzgaran a la hora de un embarazo...Además, para los jóvenes varones era la posibilidad —según nos inculcaron- de progresar profesional y laboralmente (¡pobres, no calculaban lo duro que les tocaría trabajar!), y para nosotras tener los hijos (en plural) nos terminaría de hacer mujeres de verdad (¡¿qué tal ah?!) Casi me muero en mi primer parto...sobre todo de pensar que debía tener otro hijo, "un varón para completar la parejita" decían quienes me fueron a visitar recién parida...

¡Claaaaro! Los hijos son la luz de los ojos, uno no los cambia por nadie y adoro el "Día de las madres", sé que mi esposo piensa igual al respecto, pero no significa que esa sea la única manera de realizarnos como seres humanos, ni como mujer, ni como hombre (como nos lo hicieron creer). Entonces ¿No hay felicidad para quienes deciden nunca casarse? ¿No hay dicha para quienes optaron por no tener hijos? ¿No evolucionan? ¿No alcanzan el éxito? ¿No son útiles a la sociedad? estas nuevas generaciones son fascinantes en ese aspecto, se perciben empoderados, tranquilos descubriendo el mundo, aman la soledad y son tan bellos seres humanos.

2.   El divorcio es liberación, salvación en la mayoría de los casos. A veces las personas descubren que no hay amor. El matrimonio, en muchas oportunidades se convierte en una prisión en la que se están ahogando muchas parejas por evitar sufrimiento a los hijos, el temor a los cambios, a la soledad y sobre todo por las creencias fijas que les hace soportar el desencanto y vivir un infierno en silencio con tal de no sentirse "fracasados" frente a las personas que los rodean.

El divorcio es una situación de doble vínculo donde de todos modos hay pérdida sobre todo para los hijos: si no se separan, estos continúan entre el miedo y la zozobra observando padres que no se aman y si se separan le es difícil adaptarse a esa ausencia porque se sienten mutilados como familia.

¡Qué transcendental es casarse o divorciarse!

HERLY

1. *Matrimonio: Gracias a Dios me casé con un hombre muy considerado, buen hombre, respetuoso. Nuestro matrimonio duró 26 años. Mi esposo falleció. No tuvimos un matrimonio perfecto, pero aprendimos el sentido del compañerismo, el sentido del diálogo, el sentido de la confianza y de la sana convivencia. Aunque el amor tarde o temprano se acaba, recomiendo el matrimonio, ya sea por el rito católico o por lo civil.*

2. *Divorcio: Estoy de acuerdo que se realice una separación cuando en una pareja ya no existe el respeto, ni una sana convivencia. Lo que se*

acabó, se acabó. Cada quién por su lado, sin aparentar.

Conclusión: Si al matrimonio, si al divorcio.

ADRIANA SILVA

1.	*El matrimonio es un vínculo conyugal entre una pareja que decide amarse por siempre, en las buenas y en las malas, venciendo todo tipo de tempestades. La verdad, no era de las mujeres que soñaba con casarse, ni tener hijos, tenía otras metas, deseaba cumplir muchas cosas antes de dar ese paso. Vengo de una familia como dicen: "los tuyos, los míos y los nuestros" y no veía la necesidad de formar una. Sin embargo, conozco al hombre de mi vida y es ahí como todo cambia…empezando por pretender que el matrimonio es amor eterno, felicidad, gratitud, fidelidad, estar con alguien en las buenas y en las malas, contando con la bendición de Dios, creyendo que el amor puede vencerlo todo. Soy de las personas que cumple sus promesas y si digo hasta viejitos, con la ayuda de Dios, es así. Matrimonio es igual a juntos por siempre...*

2.   El divorcio es una separación de un vínculo ya establecido cuando las cosas van de mal en peor. Bueno... creo que es la separación definitiva de una pareja que lo intenta todo para seguir juntos pero que definitivamente no pueden. Lo viví, lo lloré, lo sufrí y lo superé.